Œuvres & thèmes

Collection dirigée par Hélène Potelet et Georges Décote

Les Mille et Une Nuits

classiques Hatier

Traduction d'Antoine Galland

Un genre

Le conte

Colette Fouquoire,
Agrégée de lettres classiques

Marie-Hélène Philippe,
Agrégée de lettres classiques

Hatier
ris 2005
BN 978-2-218-**75110**-0
SN 0184 0851

Hatier

L'air du temps

Les Mille et Une Nuits

■ 570 ou 571-632 : naissance et mort du prophète Mahomet.

■ 622 : début de l'ère musulmane (Mahomet quitte La Mecque et crée une communauté musulmane à Médine).

■ 711 : invasion de l'Espagne par les musulmans.

■ 661-750 : dynastie des khalifes omeyyades.

■ 750-1258 : dynastie des khalifes abbassides.

■ 762 : le khalife Al-Mansûr fonde Bagdad qui devient capitale de l'empire musulman.

■ 786-809 : règne de Haroûn-al Râchid.

■ 1250 : destruction de Bagdad par les Mongols.

À la même époque...

■ 476 : chute de l'empire romain d'Occident.

■ 732 : Charles Poitiers arrête en France l'avancée musulmane.

■ 768-814 : Charlemagne est empereur d'Occident.

■ 1226-1270 : règne de saint Louis. Il mène les 7e et 8e croisades et meurt de la peste à Tunis.

■ 1704-1717 : publication de la traduction française des *Mille et Une Nuits* par Antoine Galland.

Sommaire

Introduction

Les Mille et Une Nuits

Pourquoi ce titre ?

« Mille et un » est une expression qui signifie « beaucoup » en arabe. Il ne faut donc pas vouloir rechercher dans *Les Mille et Une Nuits* un correspondant exact de « mille et un ».
Les Mille et Une Nuits sont constituées d'un ensemble de récits d'origine orientale que la belle Scheherazade (ou Chahrazade) raconte chaque nuit au roi Shahryar. Voici pourquoi.
Le roi Schahriar (ou Chahriyâr), ayant découvert qu'il était trompé par sa femme et jugeant que tous les hommes subissaient le même sort que lui, ordonna de faire exécuter son épouse. Et, pour punir les femmes de leur perfidie, il décida de passer chaque nuit avec une femme différente à laquelle il ferait couper la tête le matin venu.
Cette série d'assassinats durait déjà depuis trois ans lorsqu'un beau jour, Scheherazade, la fille du grand vizir, eut, pour en finir avec ces meurtres, une idée de génie : elle raconta chaque nuit au roi une histoire merveilleuse qu'elle prenait soin d'interrompre le matin au moment le plus passionnant. Le roi, impatient de connaître la suite de l'histoire, remettait chaque fois au lendemain l'exécution de la jeune fille. Mille et une nuits s'écoulèrent ainsi et se terminèrent par le mariage du roi avec Scheherazade.

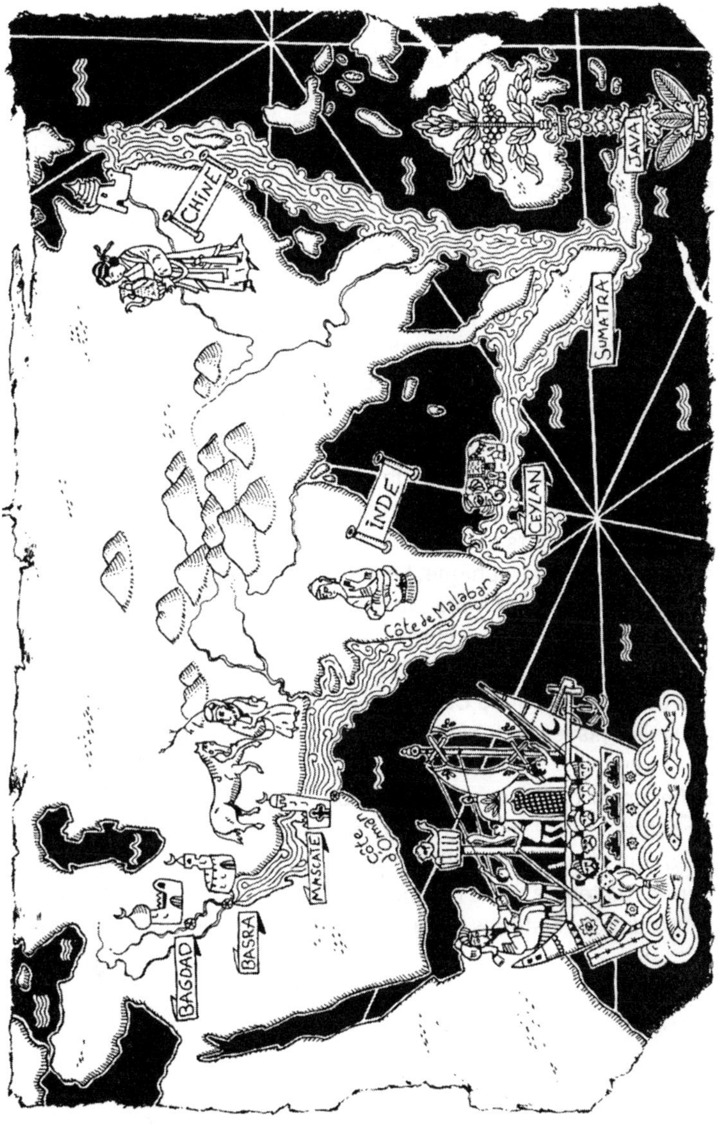
CHINE
JAVA
SUMATRA
INDE
CEYLAN
Côte de Malabar
MASCATE
Côte d'Oman
BASRA
BAGDAD

L'origine des *Mille et Une Nuits*

Les Mille et Une Nuits sont une œuvre anonyme qui rassemble environ 168 récits différents d'origines diverses. Des incertitudes demeurent quant à l'origine de l'œuvre. L'on peut dire qu'il s'agit de récits orientaux, à la base oraux, qui se sont peu à peu élaborés sous une forme écrite. Ces récits se sont transmis et enrichis de siècles en siècles, traversant les frontières.

Ainsi, les premiers contes, nés probablement en Inde au ve siècle, se retrouvent en Perse vers le VIe siècle (sous le titre de « Mille Contes ») puis arrivent à Bagdad au VIIIe siècle. Écrits donc à l'origine en indo-persan, ils sont ensuite traduits en arabe et s'enrichissent d'autres récits ayant pour cadre les palais fastueux de la brillante capitale du monde musulman où règnent les grands califes de la dynastie abbasside, Al Mansûr le fondateur de Bagdad en 762, puis le calife Haroûn-al Râchid (786-809). On y trouve des histoires merveilleuses de génies et de prodiges, des amoncellements de luxe et de richesses, des intrigues amoureuses; s'y côtoient également des éléments merveilleux et des éléments issus de la réalité historique et géographique. Le texte prend alors probablement son nom de *Mille et Une Nuits* : les histoires sont enchâssées dans un récit cadre, l'histoire d'un roi et de sa fille Scheherazade.

Entre le XIe et le XIVe siècle, Bagdad connaît des années de déclin. Les contes arrivent au Caire où ils s'enrichissent encore d'histoires nouvelles issues de la réalité et de la civilisation égyptiennes.

Enfin, après quelques siècles d'oubli, les contes arrivent en Europe au début du XVIIIe siècle grâce à l'orientaliste Antoine Galland (1646-1715) qui réunit et traduit de nombreux manuscrits, les enrichit et permet à l'œuvre de se répandre avec succès dans tout l'Occident. Il introduit les histoires d'Aladdin, d'Ali Baba et de Sindbad le marin.

Les Mille et Une Nuits

Prince indou assis sur une terrasse.
Miniature indienne anonyme, non datée, Paris, Bibliothèque nationale.

Texte 1

Histoire du pêcheur

Le roi sultan Schahriar, déçu d'avoir été trompé par sa femme, la fait périr puis se venge sur toutes les jeunes filles du royaume : chaque jour il en épouse une et la fait exécuter le lendemain de la nuit de noces.

Scheherazade, la fille du vizir (ministre du roi), demande à devenir l'épouse du roi. Pour se sauver et sauver les autres femmes, elle a imaginé un stratagème : chaque nuit, elle racontera au roi des contes merveilleux, l'interrompant au petit matin, avec l'espoir qu'il lui laisse la vie sauve pour connaître la suite de l'histoire. Ce qu'elle fait dès la nuit de noces, et pendant mille et une nuits…

Dinarzade, la sœur cadette de Scheherazade, se fait la complice de Scheherazade en lui demandant chaque jour et sans cesse de poursuivre l'histoire interrompue.

La fin de la huitième nuit est arrivée. Scheherazade a déjà raconté quelques contes, elle en annonce un autre…

« Mais, Sire, ajouta Scheherazade, quelque beaux que soient les contes que j'ai racontés jusqu'ici à Votre Majesté, ils n'approchent pas de celui du pêcheur. » Dinarzade, voyant que la sultane s'arrêtait, lui dit : « Ma sœur, puisqu'il nous reste encore du temps, de grâce, racontez-nous l'histoire de ce pêcheur ; le sultan le voudra bien. » Schahriar y consentit, et Scheherazade, reprenant son discours, poursuivit de cette manière :

Sire, il y avait autrefois un pêcheur fort âgé et si pauvre qu'à peine pouvait-il gagner de quoi faire subsister sa femme et trois enfants, dont sa famille était composée. Il allait tous les jours à la pêche de grand matin ; et, chaque jour, il s'était fait une loi de ne jeter ses filets que quatre fois seulement.

Il partit un matin au clair de la lune, et se rendit au bord de la mer. Il se déshabilla, et jeta ses filets, et, comme il les tirait vers le rivage, il sentit d'abord de la résistance ; il crut avoir fait une bonne pêche, et il s'en réjouissait déjà en lui-même. Mais un moment après, s'apercevant qu'au lieu de poisson il n'y avait dans ses filets que la carcasse d'un âne, il en eut beaucoup de chagrin…

Scheherazade, en cet endroit, cessa de parler, parce qu'elle vit paraître le jour. « Ma sœur, lui dit Dinarzade, je vous avoue que ce commencement me charme, et je prévois que la suite sera fort agréable. – Rien n'est plus surprenant que l'histoire de ce pêcheur, répondit la sultane ; et vous en conviendrez la nuit prochaine, si le sultan me fait la grâce de me laisser vivre. » Schahriar, curieux d'apprendre le succès de la pêche du pêcheur, ne voulut pas faire mourir ce jour-là Scheherazade. C'est pourquoi il se leva et ne donna pas encore ce cruel ordre.

IXe NUIT

« Ma chère sœur, s'écria Dinarzade le lendemain à l'heure ordinaire, si vous ne dormez pas, je vous supplie, en attendant le jour qui paraîtra bientôt, de me raconter la suite du conte du pêcheur ; je meurs d'envie de l'entendre. – Je vais vous donner cette satisfaction » répondit la sultane. En même temps elle en demanda la permission au sultan, et, lorsqu'elle l'eut obtenue, elle reprit en ces termes le conte du pêcheur :

Sire, quand le pêcheur, affligé d'avoir fait une si mauvaise pêche, eut raccommodé ses filets que la carcasse de l'âne avait rompus en plusieurs endroits, il les jeta une seconde fois. En les tirant, il sentit encore beaucoup de résistance ; ce qui lui fit croire qu'ils étaient remplis de poissons ; mais il n'y trouva qu'un grand panier plein de gravier[1] et de fange[2]. Il en fut dans une extrême affliction[3]. « Ô fortune[4] ! s'écria-t-il d'une voix pitoyable, cesse d'être en colère contre moi, et ne persécute point un malheureux qui te prie de l'épargner ! Je suis parti de ma maison pour venir ici chercher ma vie, et tu m'annonces ma mort. Je n'ai pas d'autre métier que celui-ci pour subsister ; et, malgré tous les soins que j'y apporte, je puis à peine fournir aux plus pressants besoins de ma famille. Mais j'ai tort de me plaindre de toi ; tu prends plaisir à maltraiter les honnêtes gens, et à laisser les grands hommes dans l'obscurité, tandis que tu favorises les méchants et que tu élèves[5] ceux qui n'ont aucune vertu[6] qui les rende recommandables. »

En achevant ces plaintes, il jeta brusquement le panier, et, après avoir bien lavé ses filets que la fange avait gâtés[7], il les jeta pour la troisième fois. Mais il n'amena que des pierres, des coquilles et de l'ordure. On ne saurait exprimer quel fut son désespoir ; peu s'en fallut qu'il ne perdit l'esprit[8]. Cependant, comme le jour commençait à paraître, il n'oublia pas de faire sa prière en bon musulman ; ensuite il ajouta celle-ci : *Seigneur, vous savez que je ne jette mes filets que quatre fois chaque jour. Je les ai déjà jetés trois fois sans avoir tiré le moindre fruit[9] de mon travail. Il ne m'en reste plus qu'une ; je vous supplie de me rendre la mer favorable, comme vous l'avez rendue à Moïse[10].*

Le pêcheur, ayant fini cette prière, jeta ses filets pour la quatrième fois. Quand il jugea qu'il devait y avoir du poisson, il les tira comme auparavant avec assez de peine. Il n'y en avait

1. Petits cailloux.
2. Boue.
3. Douleur.
4. Destinée.
5. Portés à un haut rang.
6. Qualité morale.
7. Abîmés.
8. Il faillit perdre l'esprit.
9. Résultat.
10. Selon la Bible et le Coran, Dieu a ouvert les flots de la Mer Rouge pour laisser passer Moïse fuyant les Égyptiens.

pas pourtant ; mais il y trouva un vase de cuivre jaune qui, à sa pesanteur[11], lui parut plein de quelque chose, et il remarqua qu'il était fermé et scellé de plomb, avec l'empreinte d'un sceau. Cela le réjouit. « Je la vendrai au fondeur[12], disait-il, et, de l'argent que j'en ferai, j'en achèterai une mesure de blé. »

Il examina le vase de tous côtés ; il le secoua, pour voir si ce qui était dedans ne ferait pas de bruit. Il n'entendit rien, et cette circonstance, avec l'empreinte du sceau sur le couvercle de plomb, lui firent penser qu'il devait être rempli de quelque chose de précieux. Pour s'en éclaircir, il prit son couteau, et, avec un peu de peine, il l'ouvrit. Il en pencha aussitôt l'ouverture contre terre ; mais il n'en sortit rien, ce qui le surprit extrêmement. Il le posa devant lui, et, pendant qu'il le considérait[13] attentivement, il en sortit une fumée fort épaisse qui l'obligea de reculer deux ou trois pas en arrière. Cette fumée s'éleva jusqu'aux nues[14], et, s'étendant sur la mer et sur le rivage, forma un gros brouillard : spectacle qui causa, comme on peut se l'imaginer, un étonnement extraordinaire au pêcheur. Lorsque la fumée fut toute hors du vase, elle se réunit et devint un corps solide, dont il se forma un génie[15] deux fois aussi haut que le plus grand de tous les géants. À l'aspect d'un monstre d'une grandeur si démesurée, le pêcheur voulut prendre la fuite ; mais il se trouva si troublé et si effrayé qu'il ne put marcher.

« Salomon, s'écria d'abord le génie, Salomon, grand prophète de Dieu, pardon, pardon, pardon ! Jamais je ne m'opposerai à vos volontés. J'obéirai à tous vos commandements… »

Scheherazade, apercevant le jour, interrompit là son conte. Dinarzade prit alors la parole : « Ma sœur, dit-elle, on ne peut

11. Poids.
12. Artisan qui fond les métaux.
13. Regardait.
14. Nuages.
15. Être surnaturel.

mieux tenir sa promesse que vous ne tenez la vôtre : ce conte est assurément plus surprenant que les autres. – Ma sœur, répondit la sultane, vous entendrez des choses qui vous causeront encore plus d'admiration, si le sultan, mon seigneur, me permet de vous les raconter. » Schahriar avait trop d'envie d'entendre le reste de l'histoire du pêcheur pour vouloir se priver de ce plaisir. Il remit donc encore au lendemain la mort de la sultane.

Xe NUIT

Dinarzade, la nuit suivante, appela sa sœur quand il en fut temps. « Si vous ne dormez pas, ma sœur, lui dit-elle, je vous prie, en attendant le jour qui paraîtra bientôt, de continuer le conte du pêcheur. » Le sultan, de son côté, témoigna de l'impatience d'apprendre quel démêlé[16] le génie avait eu avec Salomon. C'est pourquoi Scheherazade poursuivit ainsi le conte du pêcheur :

16. Problème.

Sire, le pêcheur n'eut pas sitôt entendu les paroles que le génie avait prononcées qu'il se rassura et lui dit : « Esprit superbe[17], que dites-vous ? Il y a plus de dix-huit cents ans que Salomon, le prophète de Dieu, est mort, et nous sommes présentement à la fin des siècles. Apprenez-moi votre histoire et pour quel sujet vous étiez renfermé dans ce vase. »

À ce discours, le génie, regardant le pêcheur d'un air fier, lui répondit : « Parle-moi plus civilement[18] ; tu es bien hardi de m'appeler esprit superbe. – Hé bien, repartit le pêcheur, vous parlerai-je avec plus de civilité[19] en vous appelant hibou du bonheur ? – Je te dis, repartit le génie, de me parler civilement avant que je te tue. – Hé ! pourquoi me tueriez-vous ? répliqua le pêcheur. Je viens de vous mettre en liberté ; l'avez-vous déjà oublié ? – Non, je m'en souviens, repartit le génie ; mais cela ne m'empêchera pas de te faire mourir ; et je n'ai qu'une seule grâce à t'accorder. – Et quelle est cette grâce ? dit le pêcheur. – C'est, répondit le génie, de te laisser choisir de quelle manière tu veux que je te tue. – Mais en quoi vous ai-je offensé ? reprit le pêcheur. Est-ce ainsi que vous voulez me récompenser du bien que je vous ai fait ? – Je ne puis te traiter autrement, dit le génie ; et, afin que tu en sois persuadé, écoute mon histoire :

« Je suis un de ces esprits rebelles qui se sont opposés à la volonté de Dieu. Tous les autres génies reconnurent le grand Salomon prophète de Dieu, et se soumirent à lui. Nous fûmes les seuls, Sacar et moi, qui ne voulûmes pas faire cette bassesse. Pour s'en venger, ce puissant monarque chargea Assaf, fils de Barakhia, son premier ministre, de me venir prendre. Cela fut exécuté. Assaf vint se saisir de ma personne, et me mena malgré moi devant le trône du roi son maître. Salomon, fils de David, me commanda de quitter mon genre de vie, de

17. Orgueilleux.
18. Poliment.
19. Politesse.

reconnaître son pouvoir, et de me soumettre à ses commandements. Je refusai hautement[20] de lui obéir, et j'aimai mieux m'exposer à tout son ressentiment[21] que de lui prêter le serment de fidélité et de soumission qu'il exigeait de moi. Pour me punir, il m'enferma dans ce vase de cuivre ; et, afin de s'assurer de moi et que je ne pusse pas forcer ma prison, il imprima lui-même sur le couvercle de plomb son sceau, où le grand nom de Dieu était gravé. Cela fait, il mit le vase entre les mains d'un des génies qui lui obéissaient, avec ordre de me jeter à la mer ; ce qui fut exécuté à mon grand regret. Durant le premier siècle de ma prison, je jurai, que, si quelqu'un m'en délivrait avant les cent ans achevés, je le rendrais riche, même après sa mort. Mais le siècle s'écoula, et personne ne me rendit ce bon office. Pendant le second siècle, je fis serment d'ouvrir tous les trésors de la terre à quiconque me mettrait en liberté ; mais je n'en fus pas plus heureux. Dans le troisième, je promis de faire puissant monarque mon libérateur, d'être toujours près de lui en esprit, et de lui accorder chaque jour trois demandes, de quelque nature qu'elles pussent être ; mais ce siècle se passa comme les deux autres, et je demeurai toujours dans le même état. Enfin, chagrin, ou plutôt enragé de me voir prisonnier si longtemps, je jurai que, si quelqu'un me délivrait dans la suite, je le tuerais impitoyablement et ne lui accorderais point d'autre grâce que de lui laisser le choix du genre de mort dont il voudrait que je le fisse mourir. C'est pourquoi, puisque tu es venu ici aujourd'hui et que tu m'as délivré, choisis comment tu veux que je te tue. »

Ce discours affligea fort le pêcheur. « Je suis bien malheureux, s'écria-t-il, d'être venu en cet endroit rendre un si grand service à un ingrat. Considérez, de grâce, votre injustice, et révoquez

20. Fièrement.
21. Colère.

un serment[22] si peu raisonnable. Pardonnez-moi, Dieu vous pardonnera de même. Si vous me donnez généreusement la vie, il vous mettra à couvert[23] de tous les attentats qui se formeront contre vos jours. – Non, ta mort est certaine, dit le génie ; choisis seulement de quelle sorte tu veux que je te fasse mourir. » Le pêcheur, le voyant dans la résolution de le tuer, en eut une douleur extrême, non pas tant pour l'amour de lui qu'à cause de ses trois enfants dont il plaignait la misère où ils allaient être réduits par sa mort. Il tâcha encore d'apaiser le génie. « Hélas ! reprit-il, daignez avoir pitié de moi en considération de[24] ce que j'ai fait pour vous. – Je te l'ai déjà dit, repartit le génie, c'est justement pour cette raison que je suis obligé de t'ôter la vie. – Cela est étrange, répliqua le pêcheur, que vous vouliez absolument rendre le mal pour le bien. Le proverbe dit que qui fait du bien à celui qui ne le mérite pas en est toujours mal payé. Je croyais, je l'avoue, que cela était faux : car, en effet, rien ne choque davantage la raison et les droits de la société ; néanmoins j'éprouve cruellement que cela n'est que trop véritable. – Ne perdons pas de temps, interrompit le génie ; tous tes raisonnements ne sauraient me détourner de mon dessein[25]. Hâte-toi de dire comment tu souhaites que je te tue. »

La nécessité donne de l'esprit. Le pêcheur s'avisa d'un stratagème. « Puisque je ne saurais éviter la mort, dit-il au génie, je me soumets donc à la volonté de Dieu. Mais, avant que je choisisse un genre de mort, je vous conjure par le grand nom de Dieu qui était gravé sur le sceau du prophète Salomon, fils de David, de me dire la vérité sur une question que j'ai à vous faire. »

Quand le génie vit qu'on lui faisait une adjuration[26] qui le contraignait de répondre positivement, il trembla en

22. Annulez un serment.
23. Vous protégera.
24. En tenant compte de.
25. Projet.
26. Faisait une demande au nom de Dieu.

lui-même, et dit au pêcheur : « Demande-moi ce que tu voudras, et hâte-toi... »

Le jour venant à paraître, Scheherazade se tut en cet endroit de son discours. « Ma sœur, lui dit Dinarzade, il faut convenir que plus vous parlez, et plus vous faites de plaisir. J'espère que le sultan, notre seigneur, ne vous fera par mourir qu'il n'ait entendu le reste du beau conte du pêcheur. – Le sultan est le maître, reprit Scheherazade ; il faut vouloir tout ce qui lui plaira. » Le sultan, qui n'avait pas moins d'envie que Dinarzade d'entendre la fin de ce conte, différa encore la mort de la sultane.

XIe NUIT

Schahriar et la princesse son épouse passèrent cette nuit de la même manière que les précédentes, et, avant que le jour parût, Dinarzade les réveilla par ces paroles, qu'elle adressa à la sultane : « Si vous ne dormez pas, ma sœur, je vous prie de reprendre le conte du pêcheur. – Très volontiers, répondit Scheherazade ; je vais vous satisfaire, avec la permission du sultan. »

Le génie, poursuivit-elle, ayant promis de dire la vérité, le pêcheur lui dit : « Je voudrais savoir si effectivement vous étiez dans ce vase ; oseriez-vous en jurer par le grand nom de Dieu ? – Oui, répondit le génie, je jure par ce grand nom que j'y étais, et cela est très véritable. – En bonne foi, répliqua le pêcheur, je ne puis vous croire. Ce vase ne pourrait pas seulement contenir un de vos pieds : comment se peut-il que votre corps y ait été renfermé tout entier ? – Je te jure pourtant, repartit le génie, que j'y étais tel que tu me vois. Est-ce que tu ne me crois pas, après le grand serment que j'ai fait ? – Non vraiment, dit le pêcheur, et je ne vous croirai point, à moins que vous ne me fassiez voir la chose. »

Alors il se fit une dissolution du corps du génie, qui, se changeant en fumée, s'étendit comme auparavant sur la mer et sur le rivage, et qui, se rassemblant ensuite, commença de rentrer dans le vase, et continua de même par une succession lente et égale, jusqu'à ce qu'il n'en restât plus rien au dehors. Aussitôt il en sortit une voix qui dit au pêcheur : « Hé bien, incrédule pêcheur, me voici dans le vase ; me crois-tu présentement ? »

Le pêcheur, au lieu de répondre au génie, prit le couvercle de plomb, et, ayant fermé promptement le vase : « Génie, lui cria-t-il, demande-moi grâce à ton tour, et choisis de quelle mort tu veux que je te fasse mourir. Mais non, il vaut mieux que je te rejette à la mer, dans le même endroit d'où je t'ai tiré, puis je ferai bâtir une maison sur ce rivage, où je demeurerai, pour avertir tous les pêcheurs qui viendront y jeter leurs filets de bien prendre garde de repêcher un méchant génie comme toi, qui as fait serment de tuer celui qui te mettra en liberté. »

À ces paroles offensantes, le génie irrité fit tous ses efforts pour sortir du vase ; mais c'est ce qui ne lui fut pas possible, car l'empreinte du sceau du prophète Salomon, fils de David, l'en empêchait. Ainsi, voyant que le pêcheur avait alors l'avantage sur lui, il prit le parti de dissimuler sa colère. « Pêcheur, lui dit-il d'un ton radouci, garde-toi bien de faire ce que tu dis. Ce que j'en ai fait n'a été que par plaisanterie, et tu ne dois pas prendre la chose sérieusement. – Ô génie ! répondit le pêcheur, toi qui étais, il n'y a qu'un moment, le plus grand, et qui es à l'heure qu'il est le plus petit de tous les génies, apprends que tes artificieux[27] discours ne te serviront de rien. Tu retourneras à la mer. Si tu y as demeuré tout le temps que tu m'as dit, tu pourras bien y demeurer jusqu'au jour du jugement. Je t'ai prié, au nom de Dieu, de ne me pas ôter la vie, tu as rejeté mes prières ; je dois te rendre la pareille. »

27. Trompeurs.

Le génie n'épargna rien[28] pour tâcher de toucher le pêcheur. « Ouvre le vase, lui dit-il, donne-moi la liberté, je t'en supplie; je te promets que tu seras content de moi. – Tu n'es qu'un traître, repartit le pêcheur. Je mériterais de perdre la vie si j'avais l'imprudence de me fier à toi. [...]

Le pêcheur finit par se laisser convaincre et ouvre le vase.

Le génie dit au pêcheur : « Jette tes filets, et prends du poisson. » Le pêcheur ne douta point qu'il n'en prît, car il en vit une grande quantité dans l'étang; mais ce qui le surprit extrêmement, c'est qu'il remarqua qu'il y en avait de quatre couleurs différentes, c'est-à-dire, de blancs, de rouges, de bleus et de jaunes. Il jeta ses filets, et en amena quatre dont chacun était d'une de ces couleurs. Comme il n'en avait jamais vu de pareils, il ne pouvait se lasser de les admirer, et, jugeant qu'il en pourrait tirer une somme assez considérable, il en avait beaucoup de joie. « Emporte ces poissons, lui dit le génie, et va les présenter à ton sultan; il t'en donnera plus d'argent que tu n'en as manié en toute ta vie. Tu pourras venir tous les jours pêcher en cet étang; mais je t'avertis de ne jeter tes filets qu'une fois chaque jour; autrement il t'en arrivera du mal, prends-y garde. C'est l'avis que je te donne : si tu le suis exactement, tu t'en trouveras bien. » En disant cela, il frappa du pied la terre, qui s'ouvrit et se referma après l'avoir englouti.

Le pêcheur, résolu de suivre de point en point les conseils du génie, se garda bien de jeter une seconde fois ses filets. Il reprit le chemin de la ville, fort content de sa pêche, et faisant mille réflexions sur son aventure. Il alla droit au palais du sultan pour lui présenter ses poissons...

28. Utilisa tous les moyens.

Repérer et analyser

Le narrateur

Son statut

Le narrateur est celui qui raconte l'histoire. Identifier le statut du narrateur, c'est dire s'il est ou non personnage de l'histoire. S'il est personnage et vit les événements, il mène le récit à la première personne ; s'il est extérieur à l'histoire, il mène le récit à la troisième personne.

1 Relisez les lignes 3 à 7 : à quelle personne le narrateur mène-t-il le récit ? Qu'en déduisez-vous sur le statut de ce narrateur ?

Les récits emboîtés

Les Mille et Une Nuits sont construites selon la technique des récits emboîtés : un narrateur premier fait raconter l'histoire par un narrateur second (ou narratrice). Ce narrateur second peut lui-même donner la parole à un personnage qui raconte sa propre histoire (narrateur troisième) et ainsi de suite. On parle de récits emboîtés ou de récits dans le récit.

2 Le narrateur premier confie la charge du récit à une narratrice (narrateur second). Qui est cette narratrice ? Est-elle personnage des histoires qu'elle raconte ou en est-elle extérieure ?

3 **a.** Quel personnage devient à un moment donné le narrateur de sa propre histoire et par conséquent narrateur troisième ? Justifiez votre réponse en délimitant les lignes et en précisant le pronom personnel qu'il utilise.

b. À quel autre personnage raconte-t-il son histoire ?

La situation d'énonciation

Énonciateur et destinataire

Identifier la situation d'énonciation, c'est se demander qui est l'énonciateur (qui parle ou écrit ?), le destinataire (à qui est adressé le message ?), quelles sont les relations qu'ils entretiennent l'un et l'autre et dans quelles circonstances le message a été émis.

4 **a.** Qui sont Scheherazade, Schahriar et Dinarzade ? Quels sont leurs liens familiaux ?

b. Quel personnage a pouvoir de vie et de mort ? Quel personnage risque la mort et pour quelle raison ? Aidez-vous du hors-texte.

5 **a.** Qui est le personnage féminin qui raconte les histoires (la narratrice) ?
b. À quel moment de la journée le fait-elle ?
c. Qui est le destinataire principal de ces histoires ? Relevez le terme qu'utilise la narratrice pour le désigner lorsqu'elle s'adresse à lui.

Les temps verbaux

Le présent de l'indicatif est le temps de référence qui renvoie au moment de l'énonciation. On le trouve notamment dans les dialogues. Les autres temps utilisés par rapport à ce moment sont le passé composé, l'imparfait et le futur. Lorsque le récit est au passé, ces temps se distinguent des temps utilisés dans les parties narratives.

6 **a.** Relisez les passages de dialogue entre Scheherazade et sa sœur. Quels sont les principaux temps utilisés ?
b. Montrez qu'ils diffèrent des temps utilisés dans les parties narratives. Quel en est le temps dominant ? Donnez des exemples.

L'histoire racontée

La situation initiale et l'élément déclencheur

La situation initiale présente les personnages, leur situation, le cadre de l'action. L'élément déclencheur est constitué d'un événement qui survient et change le cours des choses.

7 **a.** Quel est le personnage héros du conte ?
b. Dans quelle situation financière se trouve-t-il au début du conte (l. 8 à 12) ? A-t-il une famille ?

8 **a.** Relevez la formule qui introduit le conte. L'indication de temps renvoie-t-elle à une époque précise ?
b. Relevez un indice qui montre que le conte a pour cadre l'Orient.

9 Quel est le temps de l'indicatif utilisé pour exprimer la situation initiale ?

10 Relevez l'expression qui marque le début de l'action. Quel est le temps de l'indicatif utilisé ?

Les actions

11 **a.** Combien de fois le pêcheur lance-t-il son filet ?
b. Qu'en ressort-il les trois premières fois ? Et la quatrième ? Que fait le pêcheur ?

Adjuvants et opposants

Le héros du conte est amené à affronter des personnages qui s'opposent à lui. Il est aidé par des adjuvants (personnages bénéfiques, qualités personnelles telles que le courage ou la ruse).

12 Quel sort le génie réserve-t-il au pêcheur ? Quel choix lui laisse-t-il ?

13 En quoi le stratagème du pêcheur consiste-t-il ? De quelles qualités le pêcheur fait-il preuve ?

Résolution et dénouement

La résolution est l'événement qui conduit au dénouement.

14 **a.** Le stratagème a-t-il réussi ? Qu'advient-il du génie ?
b. Qui est alors en position de force ? Qui est en position de faiblesse ? Montrez que la situation s'est inversée.
c. Lisez la fin de l'extrait (l. 257 à 283) : le pêcheur s'est-il laissé convaincre d'ouvrir le vase ? Que lui arrive-t-il ?

Les éléments merveilleux

Les Mille et Une Nuits présentent une vision du monde qui oscille sans cesse entre réalité et univers merveilleux.

15 **a.** En quoi le génie est-il un personnage merveilleux ? Quelle est sa taille ? Citez le texte.
b. Dans quelles circonstances apparaît-il au pêcheur ?
c. Pendant combien de temps a-t-il été enfermé dans le vase ? Pour quelle raison ?

16 **a.** Comment se comporte-t-il dans un premier temps envers le pêcheur ? S'agit-il à ce moment du récit d'un bon ou d'un mauvais génie ? Justifiez votre réponse.
b. Pour quelle raison change-t-il de comportement ?
c. De quelle façon disparaît-il à la fin de l'extrait ?

La stratégie de la narratrice

17 **a.** Montrez en citant des exemples que la narratrice fait des effets d'annonce, créant ainsi une attente chez son destinataire.
b. À quels différents moments de l'histoire interrompt-elle son récit ? S'agit-il de moments particulièrement importants de l'action ?

La visée

18 **a.** Quel but la narratrice poursuit-elle lorsqu'elle raconte ses histoires ? Quel effet doit-elle chercher à produire chez son destinataire ?
b. En quoi est-il vital pour elle qu'elle exerce bien son art de conteuse ?

19 En quoi la situation du pêcheur se rapproche-t-elle de celle de la narratrice ? Quel effet cherche-t-elle à produire ?

20 **a.** Montrez que le comportement du génie n'est pas moral. Quelles réflexions le pêcheur se fait-il à propos de sa façon d'agir envers quelqu'un qui l'a sauvé ?
b. En quoi la morale est-elle rétablie à la fin de l'extrait ?

Écrire

Imaginer un épisode différent

21 Imaginez que le pêcheur attrape dans ses filets un autre objet que le vase de cuivre, lui aussi doué d'un pouvoir magique. Racontez ce qui lui arrive. Vous commencerez par : « Le pêcheur jeta ses filets pour la quatrième fois. Quand il jugea qu'il devait y avoir du poisson, il les tira comme auparavant avec assez de peine. Il n'y en avait pas pourtant ; mais il trouva… »

Texte 2

Histoire du troisième calender

Scheherazade en est arrivée à la fin de la cinquante-deuxième nuit. Elle raconte l'histoire des trois calenders borgnes (trois mendiants) qui ont obtenu d'une riche dame de Bagdad, Zobéide, la permission de participer à sa fête, à la condition qu'ils ne posent aucune question, quoi qu'il puisse advenir.

La dame a un comportement étrange : elle bat ses chiens, les embrasse ensuite... Une des dames présentes porte des cicatrices... Les calenders demandent la raison de tout cela. Mal leur en prend car Zobéide appelle des esclaves pour les tuer. Les hôtes obtiennent leur grâce à condition qu'ils racontent leur histoire... Chacun racontera donc comment il est devenu borgne.

Après avoir raconté l'histoire des deux premiers calenders, Scheherazade raconte celle du troisième calender. C'est la cinquante-troisième nuit...

« Mais, Sire, dit Scheherazade en achevant ces derniers mots, il est jour, il ne m'est pas permis de continuer. J'ose assurer néanmoins que, quelque agréable que soit l'histoire du second calender, celle du troisième n'est pas moins belle. Que Votre Majesté se consulte ; qu'elle voie si elle veut avoir la patience de l'entendre. » Le sultan, curieux de savoir si elle était aussi merveilleuse que la dernière, se leva, résolu de prolonger encore la vie de Scheherazade, quoique le délai qu'il avait accordé fût fini depuis plusieurs jours.

LIIIe NUIT

Sur la fin de la nuit suivante, Dinarzade adressa ces paroles à la sultane : « Ma chère sœur, si vous ne dormez pas, je vous prie, en attendant le jour qui paraîtra bientôt, de me raconter quelqu'un de ces beaux contes que vous savez. – Je voudrais bien, dit alors Schahriar, entendre l'histoire du troisième calender. – Sire, répondit Scheherazade, vous allez être obéi. »

Le troisième calender, ajouta-t-elle, voyant que c'était à lui à parler, s'adressant, comme les autres, à Zobéide, commença son histoire de cette manière :

« Très honorable dame, ce que j'ai à vous raconter est bien différent de ce que vous venez d'entendre. Les deux princes qui ont parlé avant moi ont perdu chacun un œil par un pur effet de leur destinée, et moi, je n'ai perdu le mien que par ma faute, qu'en prévenant[1] moi-même et cherchant mon propre malheur, comme vous l'apprendrez par la suite de mon discours. » [...]

Le calender raconte donc son histoire. Il se nomme Agib et il est le fils du roi Cassib. En visitant ses provinces avec sa flotte constituée de dix vaisseaux, il s'égare dans les parages de la Montagne Noire. Le pilote du bateau l'avertit du danger.

« Et cette Montagne Noire est une mine d'aimant, qui dès à présent attire toute votre flotte, à cause des clous et des ferrements[2] qui entrent dans la structure des vaisseaux. Lorsque nous en serons demain à une certaine distance, la force de l'aimant sera si violente que tous les clous se détacheront et

1. Allant au devant.

2. Pièces en fer.

seront submergés. Comme l'aimant a la vertu[3] d'attirer le fer à soi et de se fortifier par cette attraction, cette montagne, du côté de la mer, est couverte des clous d'une infinité de vaisseaux qu'elle a fait périr; ce qui conserve et augmente en même temps cette vertu. Cette montagne, poursuivit le pilote, est très escarpée; et au sommet il y a un dôme de bronze fin, soutenu de colonnes de même métal; au haut du dôme paraît un cheval aussi de bronze, sur lequel est un cavalier qui a la poitrine couverte d'une plaque de plomb, sur laquelle sont gravés des caractères talismaniques[4]. La tradition, Sire, ajouta-t-il, est que cette statue est la cause principale de la perte de tant de vaisseaux et de tant d'hommes qui ont été submergés en cet endroit, et qu'elle ne cessera d'être funeste à tous ceux qui auront le malheur d'en approcher, jusqu'à ce qu'elle soit renversée. »

« Le pilote, ayant tenu ce discours, se remit à pleurer, et ses larmes excitèrent celles de tout l'équipage. Je ne doutai pas moi-même que je ne fusse arrivé à la fin de mes jours. Chacun toutefois ne laissa pas de songer à sa conversation et de prendre pour cela toutes les mesures possibles; et, dans l'incertitude de l'événement, ils se firent tous héritiers les uns des autres par un testament en faveur de ceux qui se sauveraient.

« Le lendemain matin, nous aperçûmes à découvert la Montagne Noire; et l'idée que nous en avions conçue nous la fit paraître plus affreuse qu'elle n'était. Sur le midi, nous nous en trouvâmes si près que nous éprouvâmes ce que le pilote nous avait prédit. Nous vîmes voler les clous et tous les autres ferrements de la flotte vers la montagne, où, par la violence de l'attraction, ils se collèrent avec un bruit horrible. Les vaisseaux s'entrouvrirent, et s'abîmèrent[5] dans la mer, qui était si haute en cet endroit qu'avec la sonde nous n'aurions pu en

3. Le pouvoir.
4. Auxquels on attribue des pouvoirs magiques.
5. S'enfoncèrent.

découvrir la profondeur. Tous mes gens furent noyés ; mais Dieu eut pitié de moi, et permit que je me sauvasse en me saisissant d'une planche qui fut poussée par le vent droit au pied de la montagne. Je ne me fis pas le moindre mal, mon bonheur m'ayant fait aborder à un endroit où il y avait des degrés[6] pour monter au sommet… »

Scheherazade voulait poursuivre ce conte ; mais le jour qui vint à paraître lui imposa silence. Le sultan jugea bien par ce commencement que la sultane ne l'avait pas trompé. Ainsi, il n'y a pas lieu de s'étonner s'il ne la fit pas encore mourir ce jour-là.

LIVe NUIT

« Au nom de Dieu, ma sœur, s'écria le lendemain Dinarzade, si vous ne dormez pas, continuez, je vous en conjure, l'histoire du troisième calender. – Ma chère sœur, répondit Scheherazade, voici comment ce prince la reprit : […]

Le prince Agib, après avoir raconté comment il a échappé à la noyade en s'accrochant à une planche qui l'entraîne vers le rivage, explique qu'il a entendu une voix en rêve qui lui dit comment rompre la malédiction de la Montagne Noire : il lui faut abattre la statue du cavalier de cuivre avec des flèches de plomb trouvées dans le sol et monter dans la chaloupe qui arrivera à ce moment. Elle aura à son bord un rameur de cuivre qui le reconduira sur la terre ferme, mais il ne devra aucunement prononcer le nom de Dieu.

Tout se passe comme prévu : Agib raconte qu'il a abattu la statue et que le rameur de cuivre le reconduit sur une île ; mais

6. Marches.

il a le malheur de vouloir remercier Dieu, ce qui fait qu'il est à nouveau précipité à la mer par le rameur et subit un deuxième naufrage. Il nage jusqu'au soir et arrive sur une île déserte. Il se sèche et passe la nuit sur la plage ; au matin, il voit arriver une embarcation. Il se cache dans un arbre et assiste à une étrange scène : un vieillard et dix esclaves abordent sur l'île, se rendent à un certain endroit, soulèvent une trappe, puis font descendre sous le sol un adolescent et une grande quantité de provisions. Ils reprennent ensuite la mer. Agib descend de son arbre…

« Quand je le vis si éloigné que je ne pouvais être aperçu de l'équipage, je descendis de l'arbre, et me rendis promptement[7] à l'endroit où j'avais vu remuer la terre. Je la remuai à mon tour, jusqu'à ce que, trouvant une pierre de deux ou trois pieds en carré, je la levai, et je vis qu'elle couvrait l'entrée d'un escalier aussi de pierre. Je le descendis, et me trouvai au bas dans une grande chambre où il y avait un tapis de pied et un sofa[8] garni d'un autre tapis et de coussins d'une riche étoffe, où le jeune homme était assis avec un éventail à la main. Je distinguai toutes ces choses à la clarté de deux bougies, aussi bien que des fruits et des pots de fleurs qu'il avait près de lui. Le jeune homme fut effrayé de ma vue; mais, pour le rassurer, je lui dis en entrant : « Qui que vous soyez, Seigneur, ne craignez rien : un roi et fils de roi tel que je suis n'est pas capable de vous faire la moindre injure[9]. C'est au contraire votre bonne destinée qui a voulu apparemment que je me trouvasse ici pour vous tirer de ce tombeau, où il semble qu'on vous ait enterré tout vivant pour des raisons que j'ignore. Mais ce qui m'embarrasse, et ce que je ne puis concevoir (car je vous dirai que j'ai été témoin de tout ce qui s'est passé depuis que vous êtes arrivé dans cette île), c'est qu'il m'a paru que vous vous êtes laissé ensevelir dans ce lieu sans résistance… »

Scheherazade se tut en cet endroit, et le sultan se leva très impatient d'apprendre pourquoi ce jeune homme avait ainsi été abandonné dans une île déserte; ce qu'il se promit d'entendre la nuit suivante.

7. Rapidement.
8. Un canapé.
9. De vous faire le moindre tort.

LVe NUIT

Dinarzade, lorsqu'il en fut temps, appela la sultane. « Si vous ne dormez pas, ma sœur, lui dit-elle je vous prie de reprendre l'histoire du troisième calender. » Scheherazade ne se le fit pas répéter, et la poursuivit de cette sorte :

« Le jeune homme, continua le troisième calender, se rassura à ces paroles, et me pria d'un air riant de m'asseoir près de lui. Dès que je fus assis : « Prince, me dit-il, je vais vous apprendre une chose qui vous surprendra par sa singularité [10]. Mon père est un marchand joaillier [11] qui a acquis de grands biens par son travail et par son habilité dans sa profession. Il a un grand nombre d'esclaves et de commissionnaires [12], qui font des voyages par mer sur des vaisseaux qui lui appartiennent, afin d'entretenir les correspondances qu'il a en plusieurs cours où il fournit les pierreries dont on a besoin. Il y avait longtemps qu'il était marié sans avoir eu d'enfants, lorsqu'il apprit qu'il aurait un fils, dont la vie néanmoins ne serait pas de longue durée ; ce qui lui donna beaucoup de chagrin à son réveil. Quelques jours après, ma mère lui annonça qu'elle était grosse [13] ; et le temps qu'elle croyait avoir conçu s'accordait fort avec le jour du songe de mon père. Elle accoucha de moi dans le terme des neuf mois, et ce fut une grande joie dans la famille. Mon père, qui avait exactement observé le moment de ma naissance, consulta les astrologues, qui lui dirent : « Votre fils vivra sans nul accident jusqu'à l'âge de quinze ans. Mais alors il courra risque de perdre la vie, et il sera difficile qu'il en échappe. Si néanmoins son bonheur veut qu'il ne périsse pas, sa vie sera de longue durée. C'est qu'en ce temps-là,

10. Son caractère exceptionnel.
11. Bijoutier.
12. Employés.
13. Enceinte.

ajoutèrent-ils, la statue équestre de bronze qui est au haut de la montagne d'aimant aura été renversée dans la mer par le prince Agib, fils du roi Cassib, et que les astres marquent que, cinquante jours après, votre fils doit être tué par ce prince. » Comme cette prédiction s'accordait avec le songe de mon père, il en fut vivement frappé et affligé. Il ne laissa pas[14] pourtant de prendre beaucoup de soin à mon éducation, jusqu'à cette présente année, qui est la quinzième de mon âge. Il apprit hier que depuis dix jours le cavalier de bronze a été jeté dans la mer par le prince que je viens de vous nommer. Cette nouvelle lui a coûté tant de pleurs, et causé tant d'alarmes, qu'il n'est par reconnaissable dans l'état où il est. Sur la prédiction des astrologues, il a cherché les moyens de tromper mon horoscope et de me conserver la vie. Il y a longtemps qu'il a pris la précaution de faire bâtir cette demeure, pour m'y tenir caché durant cinquante jours, dès qu'il apprendrait que la statue serait renversée. C'est pourquoi, comme il a su qu'elle l'était depuis dix jours, il est venu promptement me cacher ici, et il a promis que dans quarante il viendrait me reprendre. Pour moi, ajouta-t-il, j'ai bonne espérance, et je ne crois pas que le prince Agib vienne me chercher sous terre, au milieu d'une île déserte. Voilà, Seigneur, ce que j'avais à vous dire. »

« Pendant que le fils du joaillier me racontait son histoire, je me moquais en moi-même des astrologues qui avaient prédit que je lui ôterais la vie ; et je me sentais si éloigné de vérifier la prédiction qu'à peine eut-il achevé de parler je lui dis avec transport[15] : « Mon cher seigneur, ayez de la confiance en la bonté de Dieu, et ne craignez rien. Comptez que c'était une dette que vous aviez à payer, et que vous en êtes quitte dès à présent. Je suis ravi, après avoir fait naufrage, de me trouver heureusement

14. Il ne négligea pas.

15. Une vive émotion.

ici pour vous défendre contre ceux qui voudraient attenter à votre vie. Je ne vous abandonnerai pas durant ces quarante jours que les vaines conjectures[16] des astrologues vous font appréhender[17]. Je vous rendrai, pendant ce temps-là, tous les services qui dépendront de moi. Après cela, je profiterai de l'occasion de gagner la terre ferme, en m'embarquant avec vous sur votre bâtiment[18], avec la permission de votre père et la vôtre ; et, quand je serai de retour en mon royaume, je n'oublierai point l'obligation que je vous aurai, et je tâcherai de vous en témoigner ma reconnaissance de la manière que je le devrai. »

« Je rassurai par ce discours le fils du joaillier, et m'attirai sa confiance. Je me gardai bien, de peur de l'épouvanter, de lui dire que j'étais cet Agib qu'il craignait, et je pris grand soin de ne lui en donner aucun soupçon. Nous nous entretînmes de plusieurs choses jusqu'à la nuit, et je connus que le jeune homme avait beaucoup d'esprit. Nous mangeâmes ensemble de ses provisions. Il en avait une si grande quantité qu'il en aurait eu de reste au bout de quarante jours, quand il aurait eu d'autres hôtes que moi. Après le souper, nous continuâmes de nous entretenir quelque temps, et ensuite nous nous couchâmes.

« Le lendemain, à son lever, je lui présentai le bassin et l'eau. Il se lava, je préparai le dîner, et le servis quand il en fut temps. Après le repas, j'inventai un jeu pour nous désennuyer, non seulement ce jour-là, mais encore les suivants. Je préparai le souper de la même manière que j'avais apprêté le dîner. Nous soupâmes et nous nous couchâmes comme le jour précédent. Nous eûmes le temps de contracter amitié ensemble. Je m'aperçus qu'il avait de l'inclination[19] pour moi ; et de mon côté j'en avais conçu une si forte pour lui que je me disais souvent à moi-même que les astrologues qui avaient prédit au père que

16. Prédictions erronées.
17. Redouter.
18. Bateau.
19. De l'attirance.

son fils serait tué par mes mains étaient des imposteurs, et qu'il n'était pas possible que je pusse commettre une si méchante action. Enfin, Madame, nous passâmes trente-neuf jours le plus agréablement du monde dans ce lieu souterrain.

« Le quarantième arriva. Le matin, le jeune homme, en s'éveillant, me dit avec un transport de joie dont il ne fut pas le maître : « Prince, me voilà aujourd'hui au quarantième jour, et je ne suis pas mort, grâce à Dieu et à votre bonne compagnie. Mon père ne manquera pas tantôt de vous en marquer sa reconnaissance, et de vous fournir tous les moyens et toutes les commodités nécessaires pour vous en retourner dans votre royaume. Mais, en attendant, ajouta-t-il, je vous supplie de vouloir bien faire chauffer de l'eau pour me laver tout le corps dans le bain portatif ; je veux me décrasser et changer d'habit, pour mieux recevoir mon père. » Je mis de l'eau sur le feu ; et, lorsqu'elle fut tiède, j'en remplis le bain portatif. Le jeune homme se mit dedans ; je le lavai et le frottai moi-même. Il en sortit ensuite, se coucha dans son lit que j'avais préparé, et je le couvris de sa couverture. Après qu'il se fut reposé, et qu'il eut dormi quelque temps : « Mon prince, me dit-il, obligez-moi de m'apporter un melon et du sucre, que j'en mange pour me rafraîchir. »

« De plusieurs melons qui nous restaient, je choisis le meilleur, et le mis dans un plat ; et, comme je ne trouvais pas de couteau pour le couper, je demandai au jeune homme s'il ne savait pas où il y en avait. « Il y en a un, me répondit-il, sur cette corniche[20] au-dessus de ma tête. » Effectivement, j'y en aperçus un ; mais je me pressai si fort pour le prendre, et, dans le temps que je l'avais à la main, mon pied s'embarrassa de sorte dans la couverture, que je glissai, et tombai si

20. Partie qui est en avancée sur un mur.

malheureusement sur le jeune homme que je lui enfonçai le couteau dans le cœur. Il expira dans le moment.

« À ce spectacle, je poussai des cris épouvantables. Je me frappai la tête, le visage et la poitrine. Je déchirai mon habit, et me jetai par terre avec une douleur et des regrets inexprimables. Hélas ! m'écriai-je, il ne lui restait que quelques heures pour être hors du danger contre lequel il avait cherché un asile, et, dans le temps que je compte moi-même que le péril est passé, c'est alors que je deviens son assassin et que je rends la prédiction véritable. Mais, Seigneur, ajoutai-je en levant la tête et les mains au ciel, je vous en demande pardon ; et, si je suis coupable de sa mort, ne me laissez pas vivre plus longtemps… »

Scheherazade, voyant paraître le jour en cet endroit, fut obligée d'interrompre ce récit funeste. Le sultan des Indes en fut ému ; et, se sentant quelque inquiétude sur ce que deviendrait après cela le calender, il se garda bien de faire mourir ce jour-là Scheherazade, qui seule pouvait le tirer de peine. […]

Scheherazade poursuit l'histoire la nuit suivante. Le roi Agib quitte la caverne, il remet la pierre à sa place et la recouvre de terre. Peu après, il aperçoit le bateau du père qui revient. Il se cache à nouveau dans un arbre. De sa cachette, il est le témoin de la douleur du père qui ramène son fils mort du caveau. Il assiste aux funérailles de l'adolescent. Puis le vieillard repart, Agib regarde le bateau s'éloigner. Emporté dans d'autres aventures, le roi Agib raconte qu'il a finalement été éborgné par un cheval noir. Il arrive à Bagdad où il est reçu par l'hôtesse.

Questions

Repérer et analyser

La situation d'énonciation

1 Rappelez la situation d'énonciation.
a. Qui raconte des histoires ? À qui ? Dans quel but ?
b. Quel est le rôle de Dinarzade ?

Les récits emboîtés

2 Montrez en citant le texte qu'il y a :
- un narrateur premier qui prend en charge l'ensemble du récit ;
- une narratrice (narrateur second) : quelle histoire raconte-t-elle et à quelle personne ?
- un premier personnage qui raconte son histoire (narrateur troisième) ; pour répondre, relisez les lignes 16 à 18 : à qui la raconte-t-il ?
- un autre personnage qui raconte à son tour son histoire au narrateur troisième : dans quelles circonstances ?

L'histoire du calender

Les épreuves

3 Quel est le nom du calender ? Quelle est sa condition sociale ? Aidez-vous du hors-texte.

4 **a.** Quelle épreuve subit-il ?
b. De quelle façon s'en sort-il ? Aidez-vous du hors-texte.

5 Dans quel lieu arrive-t-il ?

La rencontre

6 **a.** Quel personnage le calender rencontre-t-il ? Dans quel lieu se trouve-t-il ? Pour quelle raison l'a-t-on conduit dans ce lieu ?
b. « Pendant que le fils du joaillier me racontait son histoire, je me moquais en moi-même des astrologues » (l. 151-152) : pour quelle raison le calender se moque-t-il des astrologues ?
c. Quelle relation le calender entretient-il avec le jeune homme ? Quelle intention a-t-il à son égard ? Lui veut-il du bien ou du mal ? À quoi les deux jeunes gens s'occupent-ils ?

7 **a.** Combien de temps le calender reste-t-il avec le jeune garçon ?
b. Qu'advient-il de ce dernier ? Que fait le calender ?

La stratégie de la narratrice

Pour maintenir l'intérêt, la narratrice détaille souvent les actions en multipliant les verbes : elle fournit également de nombreuses précisions qui permettent de caractériser les êtres et les choses.

8 **a.** Relevez les verbes qui détaillent l'action à partir de la ligne 76. À quel temps de l'indicatif sont-ils conjugués ?

b. Quelles différentes précisions la narratrice fournit-elle ? Pour répondre, relevez les expansions (adjectifs, groupes nominaux, propositions subordonnées relatives) qui caractérisent les mots « pierre », « escaliers », « chambre », « tapis », « sofa », « coussins », « jeune homme ».

c. Quel est l'effet produit sur l'auditeur et sur le lecteur par la précision de ces détails ?

9 À quels moments la narratrice s'interrompt-elle ? S'agit-il de moments importants de l'action ?

La dimension tragique

Le tragique présente des personnages soumis à des forces qui les dépassent (que l'on peut appeler le destin ou la fatalité) et contre lesquelles ils ne peuvent rien… Ces personnages sont, quoi qu'ils fassent, inexorablement entraînés vers le malheur et la mort.

10 **a.** Quelle était la prédiction faite au jeune homme ? Quelles précautions ont été prises pour éviter que cette prédiction ne se réalise ?

b. Dans quelles circonstances l'accident fatal s'est-il produit ? Au bout de combien de jours ?

c. En quoi cet accident paraît-il voulu par le destin ?

Le merveilleux

11 En quoi la Montagne Noire est-elle un élément merveilleux ?

La visée

12 **a.** Quelle est la visée de la narratrice lorsqu'elle raconte cette histoire ? Référez-vous à la situation d'énonciation.
b. Quelle leçon peut-on tirer de cette histoire quant à la puissance de la destinée ?

Se documenter

L'horoscope

Le mot « horoscope » vient du grec *horoskopos* : qui considère le moment de la naissance.
Les personnes qui prédisent l'avenir établissent le rapport entre une date précise de naissance et la carte du ciel tel qu'il est alors observé de la Terre.
Plus couramment, des gens qui se disent astrologues donnent chaque jour à la radio ou dans les journaux ce qu'ils appellent l'horoscope de tous les gens nés sous le même signe, c'est-à-dire durant la même période. On nomme, en effet, signe du zodiaque chacune des douze parties de la sphère céleste traversée à une certaine période par le soleil.
À l'origine, ces douze signes coïncidaient avec les constellations dont ils portent le nom. Comme elles sont en général représentées par des animaux (d'où le terme *zodiakos* : qui a affaire à des animaux), les signes sont Bélier, Taureau, etc.
En fait, il y a depuis longtemps un décalage entre la place réelle des constellations dans le ciel et la place que leur attribuent les astrologues.

Texte 3

Histoire de Sindbad le marin

Sindbad, au cours d'un festin, raconte sa vie à ses amis. Après avoir parlé de son premier voyage et des dangers qu'il a courus, il commence le récit de son second voyage. C'est la soixante-douzième nuit…

« J'avais résolu après mon premier voyage, de passer tranquillement le reste de mes jours à Bagdad, comme j'eus l'honneur de vous le dire hier. Mais je ne fus pas longtemps sans m'ennuyer d'une vie oisive [1] ; l'envie de voyager et de négocier [2] par mer me reprit : j'achetai des marchandises propres à faire le trafic [3] que je méditais, et je partis une seconde fois avec d'autres marchands dont la probité [4] m'était connue. Nous nous embarquâmes sur un bon navire, et, après nous être recommandés à Dieu, nous commençâmes notre navigation.

« Nous allions d'île en île, et nous y faisions des trocs [5] fort avantageux. Un jour, nous descendîmes en l'une, qui était couverte de plusieurs sortes d'arbres fruitiers, mais si déserte que nous n'y découvrîmes aucune habitation, et même pas une âme. Nous allâmes prendre l'air dans les prairies et le long des ruisseaux qui les arrosaient.

« Pendant que les uns se divertissaient à cueillir des fleurs et les autres des fruits, je pris mes provisions et du vin que j'avais apporté et m'assis près d'une eau coulant entre de grands arbres qui formaient un bel ombrage. Je fis un assez

1. M'ennuyer à cause d'une vie oisive.
2. Faire du commerce.
3. Le commerce.
4. L'honnêteté.
5. L'échange d'un objet contre un autre.

bon repas de ce que j'avais; après quoi le sommeil vint s'emparer de mes sens. Je ne vous dirai pas si je dormis longtemps; mais, quand je me réveillai, je ne vis plus le navire à l'ancre[6]… »

Là, Scheherazade fut obligée d'interrompre son récit, parce qu'elle vit que le jour paraissait; mais la nuit suivante elle continua de cette manière le second voyage de Sindbad :

LXXIIIe NUIT

« Je fus bien étonné, dit Sindbad, de ne plus voir le vaisseau à l'ancre; je me levai, je regardai de toutes parts et je ne vis pas un des marchands qui étaient descendus dans l'île avec moi. J'aperçus seulement le navire à la voile[7], mais si éloigné que je le perdis de vue peu de temps après.

« Je vous laisse à imaginer les réflexions que je fis dans un état si triste. Je pensai mourir de douleur. Je poussai des cris épouvantables; je me frappai la tête, et me jetai par terre, où je demeurai longtemps abîmé[8] dans une confusion mortelle de pensées toutes plus affligeantes[9] les unes que les autres. Je me reprochai cent fois de ne m'être pas contenté de mon premier voyage, qui devait[10] m'avoir fait perdre pour jamais l'envie d'en faire d'autres. Mais tous mes regrets étaient inutiles et mon repentir hors de raison.

« À la fin, je me résignai à la volonté de Dieu, et, sans savoir ce que je deviendrais, je montai au haut d'un grand arbre, d'où je regardai de tous côtés pour voir si je ne découvrirais rien qui pût me donner quelque espérance[11]. En jetant les yeux

6. Immobilisé au rivage au moyen de l'ancre.
7. Qui naviguait à la voile.
8. Plongé.
9. Attristantes.
10. Qui aurait dû.
11. Pour voir si je ne découvrirais pas quelque chose capable de me donner quelque espérance.

sur la mer, je ne vis que de l'eau et le ciel ; mais, ayant aperçu du côté de la terre quelque chose de blanc, je descendis de l'arbre, et, avec ce qui me restait de vivres, je marchai vers cette blancheur, qui était si éloignée que je ne pouvais pas bien distinguer ce que c'était.

« Lorsque j'en fus à une distance raisonnable, je remarquai que c'était une boule blanche d'une hauteur et d'une grosseur prodigieuse[12]. Dès que j'en fus près, je la touchai et la trouvai fort douce. Je tournai à l'entour pour voir s'il n'y avait point d'ouverture ; je n'en pus découvrir aucune, et il me parut qu'il était impossible de monter dessus, tant elle était unie. Elle pouvait avoir cinquante pas[13] en rondeur.

« Le soleil alors était prêt à se coucher. L'air s'obscurcit tout à coup comme s'il eût été couvert d'un nuage épais. Mais, si je fus étonné de cette obscurité, je le fus bien davantage quand je m'aperçus que ce qui la causait était un oiseau d'une grandeur et d'une grosseur extraordinaires, qui avançait de mon côté en volant. Je me souvins d'un oiseau appelé roc[14] dont j'avais souvent ouï parler aux matelots, et je conçus[15] que la grosse boule que j'avais tant admirée devait être un œuf de cet oiseau. En effet, il s'abattit et se posa dessus, comme pour le couver. En le voyant venir, je m'étais serré fort près de l'œuf, de sorte que j'eus devant moi un des pieds de l'oiseau, et ce pied était aussi gros qu'un gros tronc d'arbre. Je m'y attachai fortement avec la toile dont mon turban était environné, dans l'espérance que le roc, lorsqu'il reprendrait son vol le lendemain, m'emporterait hors de cette île déserte. Effectivement, après avoir passé la nuit en cet état, d'abord qu'il fut jour,

12. Extraordinaire.
13. Longueur d'un pas, d'un pied à l'autre quand on marche.
14. Ou « rock » : oiseau énorme et fabuleux des contes orientaux.
15. Je compris.

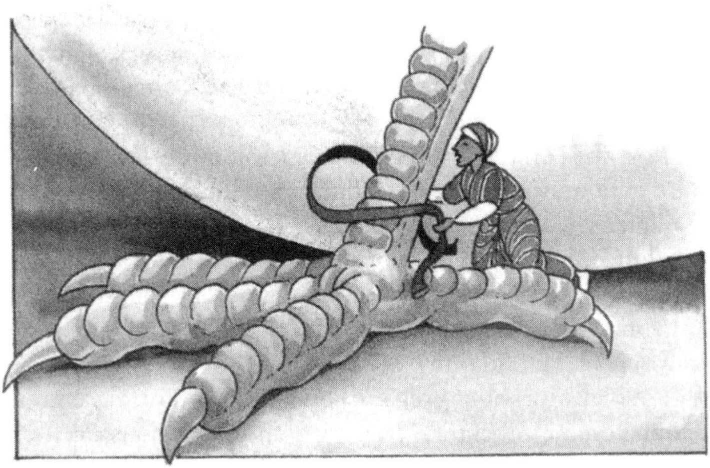

l'oiseau s'envola et m'enleva si haut que je ne voyais plus la terre ; puis il descendit tout à coup avec tant de rapidité que je ne me sentais pas. Lorsque le roc fut posé et que je me vis à terre, je déliai promptement le nœud qui me tenait attaché à son pied. J'avais à peine achevé de me détacher qu'il donna du bec sur un serpent d'une longueur inouïe[16]. Il le prit et s'envola aussitôt.

« Le lieu où il me laissa était une vallée très profonde, environnée de toutes parts de montagnes si hautes qu'elles se perdaient dans la nue, et tellement escarpées[17] qu'il n'y avait aucun chemin par où l'on y pût monter. Ce fut un nouvel embarras pour moi, et, comparant cet endroit à l'île déserte que je venais de quitter, je trouvai que je n'avais rien gagné au change.

16. Extraordinaire, telle qu'on n'a jamais rien entendu de pareil.
17. À la pente raide, d'accès difficile.

« En marchant par cette vallée, je remarquai qu'elle était parsemée de diamants, dont il y en avait d'une grosseur surprenante ; je pris beaucoup de plaisir à les regarder ; mais j'aperçus bientôt de loin des objets qui diminuèrent fort ce plaisir, et que je ne pus voir sans effroi. C'était un grand nombre de serpents si gros et si longs qu'il n'y en avait pas un qui n'eût englouti un éléphant[18]. Ils se retiraient pendant le jour dans leurs antres[19], où ils se cachaient à cause du roc leur ennemi, et ils n'en sortaient que la nuit.

« Je passai la journée à me promener dans la vallée, et à me reposer de temps en temps dans les endroits les plus commodes. Cependant le soleil se coucha ; et, à l'entrée de la nuit, je me retirai dans une grotte où je jugeai que je serais en sûreté. J'en bouchai l'entrée, qui était basse et étroite, avec une pierre assez grosse pour me garantir des serpents, mais qui n'était pas assez juste pour empêcher qu'il n'y entrât un peu de lumière. Je soupai d'une partie de mes provisions, au bruit des serpents qui commencèrent à paraître. Leurs affreux sifflements me causèrent une frayeur extrême et ne me permirent pas, comme vous pouvez penser, de passer la nuit fort tranquillement. Le jour étant venu, les serpents se retirèrent. Alors je sortis de ma grotte en tremblant, et je puis dire que je marchai longtemps sur des diamants sans en avoir la moindre envie. À la fin, je m'assis, et, malgré l'inquiétude dont j'étais agité, comme je n'avais pas fermé l'œil de toute la nuit, je m'endormis après avoir fait encore un repas de mes provisions. Mais j'étais à peine assoupi[20] que quelque chose qui tomba près de moi avec un grand bruit me réveilla. C'était

18. Que chacun d'eux aurait été capable d'engloutir un éléphant.
19. Grottes servant de refuge aux animaux sauvages.
20. À demi endormi.

une grosse pièce de viande fraîche, et, dans le moment, j'en vis rouler plusieurs autres du haut des rochers en différents endroits.

« J'avais toujours tenu pour un conte fait à plaisir[21] ce que j'avais ouï dire plusieurs fois à des matelots et à d'autres personnes touchant la vallée des diamants, et l'adresse dont se servaient quelques marchands pour en tirer ces pierres précieuses. Je connus bien qu'ils m'avaient dit la vérité. En effet, ces marchands se rendent auprès de cette vallée dans le temps que[22] les aigles ont des petits. Ils découpent de la viande et la jettent par grosses pièces dans la vallée ; les diamants sur la pointe desquels elles tombent s'y attachent. Les aigles, qui sont en ce pays-là plus forts qu'ailleurs, vont fondre[23] sur ces pièces de viande, et les emportent dans leurs nids au haut des rochers pour servir de pâture à leurs aiglons. Alors les marchands, courant aux nids, obligent, par leurs cris, les aigles à s'éloigner, et prennent les diamants qu'ils trouvent attachés aux pièces de viande. Ils se servent de cette ruse parce qu'il n'y a pas d'autre moyen de tirer les diamants de cette vallée, qui est un précipice dans lequel on ne saurait descendre.

« J'avais cru jusque-là qu'il ne me serait pas possible de sortir de cet abîme, que je regardais comme mon tombeau ; mais je changeai de sentiment ; et ce que je venais de voir me donna lieu d'imaginer le moyen de conserver ma vie… »

Le jour qui parut en cet endroit imposa silence à Scheherazade ; mais elle poursuivit cette histoire le lendemain.

21. Un conte sans fondement, sans réalité.
22. Au moment où.
23. S'abattre sur.

LXXIVe NUIT

Sire, dit-elle en s'adressant toujours au sultan des Indes, Sindbad continua de raconter les aventures de son second voyage à la compagnie qui l'écoutait :

« Je commençai, dit-il, par amasser les plus gros diamants qui se présentèrent à mes yeux, et j'en remplis la bourse de cuir qui m'avait servi à mettre les provisions de bouche. Je pris ensuite la pièce de viande qui me parut la plus longue, et l'attachai fortement autour de moi avec la toile de mon turban, et en cet état je me couchai le ventre contre terre, la bourse de cuir attachée à ma ceinture de manière qu'elle ne pouvait tomber.

« Je ne fus pas plus tôt en cette situation que les aigles vinrent ; chacune se saisit d'une pièce de viande qu'elle emporta ; et une des plus puissantes, m'ayant enlevé de même avec le morceau de viande dont j'étais enveloppé, me porta au haut de la montagne jusque dans son nid. Les marchands ne manquèrent point alors de crier pour épouvanter les aigles ; et, lorsqu'ils les eurent obligés à quitter leur proie, un d'entre eux s'approcha de moi ; mais il fut saisi de crainte quand il m'aperçut. Il se rassura pourtant, et, au lieu de s'informer par quelle aventure je me trouvais là, il commença de me quereller en me demandant pourquoi je lui ravissais[24] son bien. « Vous me parlerez, lui dis-je, avec plus d'humanité[25] lorsque vous m'aurez mieux connu. Consolez-vous, ajoutai-je ; j'ai des diamants pour vous et pour moi plus que n'en peuvent avoir tous les autres marchands ensemble. S'ils en ont, ce n'est que par hasard ; mais j'ai choisi moi-même, au fond de la vallée, ceux que j'apporte

24. Je lui enlevais de force.
25. Bienveillance.

dans cette bourse que vous voyez. » En disant cela, je la lui montrai. Je n'avais pas achevé de parler que les autres marchands qui m'aperçurent s'attroupèrent autour de moi, fort étonnés de me voir, et j'augmentai leur surprise par le récit de mon histoire. Ils n'admirèrent pas tant le stratagème[26] que j'avais imaginé pour me sauver que ma hardiesse à le tenter.

« Ils m'emmenèrent au logement où ils demeuraient tous ensemble ; et là, ayant ouvert ma bourse en leur présence, la grosseur de mes diamants les surprit, et ils m'avouèrent que dans toutes les cours[27] où ils avaient été ils n'en avaient pas vu un qui en approchât. Je priai le marchand à qui appartenait le nid où j'avais été transporté, car chaque marchand avait le sien, je le priai, dis-je, d'en choisir pour sa part autant qu'il en voudrait. Il se contenta d'en prendre un seul, encore le prit-il des moins gros ; et, comme je le pressais d'en recevoir d'autres sans craindre de me faire tort : « Non, me dit-il ; je suis fort satisfait de celui-ci, qui est assez précieux pour m'épargner la peine de faire désormais d'autres voyages pour l'établissement de ma petite fortune. »

« Je passai la nuit avec ces marchands, à qui je racontai une seconde fois mon histoire pour la satisfaction de ceux qui ne l'avaient pas entendue. Je ne pouvais modérer ma joie quand je faisais réflexion que j'étais hors des périls dont je vous ai parlé. Il me semblait que l'état où je me trouvai était un songe, et je ne pouvais croire que je n'eusse plus rien à craindre.

« Il y avait déjà plusieurs jours que les marchands jetaient des pièces de viande dans la vallée, et, comme chacun paraissait content des diamants qui lui étaient échus[28], nous partîmes le lendemain tous ensemble, et nous marchâmes par de hautes montagnes où il y avait des serpents d'une longueur prodigieuse,

26. Ruse.
27. Résidences de souverain.
28. Qui lui avaient été donnés par le sort.

que nous eûmes le bonheur d'éviter. Nous gagnâmes le premier port, d'où nous passâmes à l'île de Roha, où croît[29] l'arbre dont on tire le camphre[30] et qui est si gros et si touffu que cent hommes y peuvent être à l'ombre aisément. Le suc dont se forme le camphre coule par une ouverture que l'on fait au haut de l'arbre, et se reçoit dans un vase où il prend consistance et devient ce qu'on appelle camphre. Le suc ainsi tiré, l'arbre se sèche et meurt.

« Il y a dans la même île des rhinocéros, qui sont des animaux plus petits que l'éléphant et plus grands que le buffle ; ils ont une corne sur le nez, longue environ d'une coudée[31] ; cette corne est solide et coupée par le milieu d'une extrémité à l'autre. On voit dessus des traits blancs qui représentent la figure d'un homme. Le rhinocéros se bat avec l'éléphant, le perce de sa corne par-dessous le ventre, l'enlève et le porte sur sa tête ; mais, comme le sang et la graisse de l'éléphant lui coulent sur les yeux et l'aveuglent, il tombe par terre, et, ce qui va vous étonner, le roc vient, qui les enlève tous deux entre ses griffes et les emporte pour nourrir ses petits[32].

« Je passe sous silence plusieurs autres particularités de cette île, de peur de vous ennuyer. J'y échangeai quelques-uns de mes diamants contre de bonnes marchandises. De là, nous allâmes à d'autres îles ; et enfin, après avoir touché à[33] plusieurs villes marchandes de terre ferme, nous abordâmes à Balsora, d'où je me rendis à Bagdad. J'y fis d'abord de grandes aumônes aux pauvres, et je jouis honorablement du reste des richesses immenses que j'avais apportées et gagnées avec tant de fatigues. »

29. Pousse.
30. Substance aromatique cristallisée extraite du camphrier.
31. Mesure équivalant à la distance qui sépare le coude de l'extrémité du médius : 50 cm.
32. Il s'agit d'une légende.
33. Après avoir abordé.

Questions

Repérer et analyser

La situation d'énonciation

1 **a.** Rappelez la situation d'énonciation : qui est la narratrice ? À quel personnage s'adresse-t-elle ?
b. Pour quelle raison raconte-t-elle des histoires à ce personnage ? Pendant combien de temps parle-t-elle ?

Le récit emboîté ou le récit dans le récit

2 **a.** Quel est le personnage qui devient narrateur ? Quel pronom personnel utilise-t-il pour raconter son histoire ?
b. À quels personnages la raconte-t-il ? Aidez-vous du hors-texte.

Les temps du récit

Le narrateur utilise le passé simple pour exprimer les actions qu'il place au premier plan ; il utilise l'imparfait pour les actions de second plan (habitude, durée) ou pour présenter une description (décor, cadre).

3 **a.** Relevez dans les lignes 3 à 15 les verbes au passé simple qui expriment des actions de premier plan.
b. Relevez les trois verbes à l'imparfait dans les lignes 10 à 15 : quelles sont les deux valeurs de ce temps ici ?

Le parcours de Sindbad

Les motivations à agir

Le héros peut avoir diverses motivations pour agir (manque à combler, notamment).

4 Pour quelle raison Sindbad a-t-il envie de reprendre la mer ? À quelle activité s'adonne-t-il ?

Le cadre de l'aventure et sa durée

5 **a.** De quelle ville et avec qui est-il parti ? Dans quel lieu s'arrête-t-il ?
b. Dans quel lieu se retrouve-t-il à la fin de l'histoire ? Par quel port est-il passé ?

6 Combien de temps s'écoule-t-il entre l'arrivée de Sindbad sur l'île et son départ ? Appuyez-vous sur les indications temporelles.

Les épreuves, les adjuvants, les opposants

Le héros d'un conte est souvent confronté à des épreuves qu'il doit surmonter pour prouver sa valeur. Il est aidé par des adjuvants (personnages, objets, qualités) ou entravé par des opposants (personnages, objets…).

7 **a.** Relevez dans le second paragraphe l'indication temporelle qui marque le début des aventures de Sindbad.
b. Quelle première épreuve subit-il ?

8 **a.** Quels personnages sont la cause de ses soucis (opposants) ?
b. Quelles qualités lui permettent de se sortir de la situation (adjuvants) ?
c. Quel animal utilise-t-il comme adjuvant ? De quelle façon ? Dans quel lieu cet animal le mène-t-il ?

9 **a.** Quelle seconde épreuve doit-il affronter ?
b. Quels animaux sont pour lui des opposants ?
c. Quel stratagème utilise-t-il pour se sortir de la situation ?

10 Comment se termine ce second voyage de Sindbad ?

L'expression des sentiments

Dans son récit, Sindbad analyse très souvent ce qu'il ressent. Il utilise les champs lexicaux (un ensemble de mots) se référant aux sentiments (tristesse, joie, peur…).

11 Relisez les lignes 26 à 35. Dans quel état Sindbad se trouve-t-il ? Relevez le champ lexical qui exprime cet état. Pour quelle raison est-il ainsi ?

12 Relevez lignes 85 à 111 le champ lexical de la peur. Quelle est la cause de cette peur ?

Les qualités de Sindbad

Les contes des *Mille et Une Nuits* montrent que la réussite est fondée sur l'intelligence personnelle et sur la générosité.

13 **a.** Relevez dans les lignes 40 à 64 les verbes qui montrent que Sindbad a le sens de l'observation et qu'il fait des déductions.

b. Que découvre-t-il ? Notez les étapes de cette découverte.
c. En quoi fait-il preuve d'ingéniosité pour sortir de la vallée (l. 98 à 124) ?

14 De retour à Bagdad, comment Sindbad utilise-t-il une partie de sa fortune ? De quelle qualité fait-il preuve par cette action ?

Le récit de voyage : réel et merveilleux

Les voyages de Sindbad se présentent comme un récit de voyage, c'est-à-dire un récit que fait un voyageur pour témoigner de ce qu'il a vu. Le cadre en est l'Orient. Il se mêle dans ce genre de récit des éléments réalistes et merveilleux (que l'on ne peut trouver dans la réalité).

15 Repérez sur une carte la ville de Bagdad. Dans quel pays se trouve-t-elle ?

16 **a.** Quelles sont les richesses naturelles (végétales) que Sindbad découvre dans l'île de Roha ? En quoi s'agit-il de marchandises précieuses ?
b. Quelles différentes espèces animales y trouve-t-on ? Quelle image le narrateur en donne-t-il ? Appuyez-vous sur des expressions précises qui les caractérisent.

17 En quoi l'oiseau roc est-il particulièrement merveilleux ?

La visée

18 Quelle est la visée de Scheherazade la narratrice lorsqu'elle raconte cette histoire au sultan Schahriar ?

Écrire

Imaginer un dialogue

19 « J'augmentai leur surprise par le récit de mon histoire » (l. 170-171) : écrivez en une page environ le récit que fait Sindbad aux marchands de l'aventure qui lui est arrivée. Vous imaginerez que les marchands lui posent quelques questions auxquelles il répondra. Vous respecterez les faits survenus mais les raconterez différemment. Vous tiendrez compte de la situation d'énonciation.

Se documenter

Le commerce en Orient à l'époque des *Mille et Une Nuits*

En pleine expansion à l'époque de Haroûn-al Râchid, khalife de 786 à 809, le commerce dans l'océan Indien, appelé aussi « océan Salé », a commencé un peu avant son khalifat. Dès l'an 700 en effet, des commerçants musulmans sont installés à Ceylan (actuellement Sri Lanka). L'importance grandissante donnée à Bagdad par Haroûn-al Râchid va stimuler le commerce vers l'Extrême-Orient.

Pour aller vers les Indes, les navires qui ont levé l'ancre à Basra peuvent soit faire escale à Mascate sur la côte d'Oman et, de là, partir vers la côte de Malabar, soit longer les côtes de Sind et de Mafran.

À l'aller, les navires emportent des soieries et des cotonnades, des plats de cuivre ou d'argent, du sel, des porcelaines, des chevaux et des parfums. Au retour, ils rapportent du continent indien du teck, du fer et de l'ambre.

Les navires qui continuent leur route vers la Chine se dirigent alors vers Ceylan, l'île au rubis où l'on achète aussi des saphirs, des éléphants et de la cannelle. Certains navires font à Java ou à Sumatra provision de bois de santal, de camphre, de muscade, de poivre, de clous de girofle… En Chine, les marchands venus de Bagdad vendent des tapis et des objets de cuivre, de l'or, des perles et remportent du papier, du musc et des soieries.

Texte 4

Histoire du petit bossu

CXXIII^{e} NUIT

Dinarzade ne manqua pas de réveiller avant le jour la sultane des Indes, laquelle, après avoir demandé à Schahriar la permission de commencer l'histoire qu'elle avait promis de raconter, prit ainsi la parole :

Il y avait autrefois à Casgar, aux extrémités de la Grande-Tartarie, un tailleur qui avait une très belle femme qu'il aimait beaucoup, et dont il était aimé de même. Un jour qu'il travaillait, un petit bossu vint s'asseoir à l'entrée de sa boutique, et se mit à chanter en jouant du tambour de basque[1]. Le tailleur prit plaisir à l'entendre, et résolut de l'emmener dans sa maison pour réjouir sa femme.

« Avec ses chansons plaisantes, disait-il, il nous divertira tous deux ce soir. » Il lui en fit la proposition, et, le bossu l'ayant acceptée, il ferma sa boutique et le mena chez lui.

Dès qu'ils y furent arrivés, la femme du tailleur, qui avait déjà mis le couvert, parce qu'il était temps de souper, servit un bon plat de poisson qu'elle avait préparé. Ils se mirent tous trois à table ; mais, en mangeant, le bossu avala par malheur une grosse arête ou un os, dont il mourut en peu de moments, sans que le tailleur et sa femme pussent remédier. Ils furent l'un et l'autre d'autant plus effrayés de cet accident qu'il était arrivé chez eux, et qu'ils avaient sujet de craindre que, si la justice venait à le savoir, on ne les punît comme des assassins. Le mari néanmoins

1. Du pays des Basques.

trouva un expédient[2] pour se défaire du corps mort : il fit réflexion qu'il demeurait dans le voisinage un médecin juif ; et là-dessus, ayant formé un projet, pour commencer à l'exécuter, sa femme et lui prirent le bossu, l'un par les pieds, l'autre par la tête, et le portèrent jusqu'au logis du médecin. Ils frappèrent à sa porte, où aboutissait un escalier très raide par où l'on montait à sa chambre. Une servante descend aussitôt, même sans lumière, ouvre, et demande ce qu'ils souhaitent. « Remontez, s'il vous plaît, répondit le tailleur, et dites à votre maître que nous lui amenons un homme bien malade pour qu'il lui ordonne quelque remède. Tenez, ajouta-t-il en lui mettant en main une pièce d'argent, donnez-lui cela par avance, afin qu'il soit persuadé que nous n'avons pas dessein[3] de lui faire perdre sa peine. » Pendant que la servante remonta pour faire part au médecin juif d'une si bonne nouvelle, le tailleur et sa femme portèrent promptement[4] le corps du bossu au haut de l'escalier, le laissèrent là, et retournèrent chez eux en diligence[5].

Cependant, la servante ayant dit au médecin qu'un homme et une femme l'attendaient à la porte et le priaient de descendre pour voir un malade qu'ils avaient amené, et lui ayant remis entre les mains l'argent qu'elle avait reçu, il se laissa transporter de joie : se voyant payé d'avance, il crut que c'était une bonne pratique qu'on lui amenait et qu'il ne fallait pas négliger. « Prends vite de la lumière, dit-il à sa servante, et suis-moi. » En disant cela, il s'avança vers l'escalier avec tant de précipitation qu'il n'attendit point qu'on l'éclairât ; et, venant à rencontrer le bossu, il lui donna du pied dans les côtes si rudement qu'il le fit rouler jusqu'au bas de l'escalier ; peu s'en fallut qu'il[6] ne tombât et ne roulât avec lui.

2. Moyen.
3. L'intention.
4. Rapidement.
5. Sans perdre de temps.
6. Il faillit.

« Apporte donc vite de la lumière », cria-t-il à sa servante. Enfin elle arriva ; il descendit avec elle, et, trouvant que ce qui avait roulé était un homme mort, il fut tellement effrayé de ce spectacle qu'il invoqua Moïse, Aaron, Josué, Esdras et tous les autres prophètes de sa loi. « Malheureux que je suis ! disait-il, pourquoi ai-je voulu descendre sans lumière ? J'ai achevé de tuer ce malade qu'on m'avait amené. Je suis cause de sa mort, et, si le bon âne d'Esdras [7] ne vient à mon secours, je suis perdu. Hélas ! on va bientôt me tirer de chez moi comme un meurtrier. »

Malgré le trouble qui l'agitait, il ne laissa pas [8] d'avoir la précaution de fermer sa porte, de peur que par hasard quelqu'un, venant à passer par la rue, ne s'aperçût du malheur dont il se croyait la cause. Il prit ensuite le cadavre, le porta dans la chambre de sa femme, qui faillit s'évanouir quand elle le vit entrer avec cette fatale charge [9]. « Ah ! c'est fait de nous, s'écria-t-elle, si nous ne trouvons moyen de mettre cette nuit hors de chez nous ce corps mort ! Nous perdrons indubitablement [10] la vie si nous le gardons jusqu'au jour. Quel malheur ! Comment avez-vous donc fait pour tuer cet homme ? – Il ne s'agit point de cela, repartit [11] le juif, il s'agit de trouver un remède à un mal si pressant… »

« Mais, Sire, dit Scheherazade en s'interrompant en cet endroit, je ne fais pas réflexion qu'il est jour. » À ces mots, elle se tut, et la nuit suivante elle poursuivit de cette sorte l'histoire du petit bossu :

7. L'âne qui, selon les musulmans, servit de monture à Esdras quand il revint de sa captivité de Babylone à Jérusalem.
8. Il ne manqua pas.
9. Ce corps mort.
10. Sans aucun doute.
11. Répondit.

CXXIVe NUIT

Le médecin et sa femme délibérèrent[12] ensemble sur le moyen de se délivrer du corps mort pendant la nuit. Le médecin eut beau rêver, il ne trouva nul stratagème pour sortir d'embarras ; mais sa femme, plus fertile en inventions, dit : « Il me vient une pensée : portons ce cadavre sur la terrasse de notre logis, et le jetons par la cheminée dans la maison du musulman notre voisin. »

Ce musulman était un des pourvoyeurs[13] du sultan : il était chargé du soin de fournir l'huile, le beurre et toutes sortes de graisses. Il avait chez lui son magasin, où les rats et les souris faisaient un grand dégât.

Le médecin juif ayant approuvé l'expédient proposé, sa femme et lui prirent le bossu, le portèrent sur le toit de leur maison, et après lui avoir passé des cordes sous les aisselles[14], ils le descendirent par la cheminée dans la chambre du pourvoyeur, si doucement qu'il demeura planté sur ses pieds contre le mur comme s'il eût été vivant. Lorsqu'ils le sentirent en bas, ils retirèrent les cordes et le laissèrent dans l'attitude que je viens de dire. Ils étaient à peine descendus et rentrés dans leur chambre, quand le pourvoyeur entra dans la sienne. Il revenait d'un festin de noces auquel il avait été invité ce soir-là, et il avait une lanterne à la main. Il fut assez surpris de voir, à la faveur de sa lumière, un homme debout dans sa cheminée ; mais, comme il était naturellement courageux et qu'il s'imagina que c'était un voleur, il se saisit d'un gros bâton, avec quoi[15] courant droit au bossu : « Ah ! ah ! lui dit-il, je m'imaginais que c'étaient les rats et les souris qui mangeaient mon beurre et mes graisses, et c'est toi qui descends par la cheminée pour me voler ! Je ne crois pas qu'il te reprenne jamais envie d'y revenir. » En achevant ces mots,

12. Discutèrent.
13. Fournisseurs.
14. Sous les bras.
15. Avec lequel.

il frappe le bossu et lui donne plusieurs coups de bâton. Le cadavre tombe le nez contre terre ; le pourvoyeur redouble ses coups ; mais, remarquant enfin que le corps qu'il frappe est sans mouvement, il s'arrête pour le considérer[16]. Alors, voyant que c'était un cadavre, la crainte commença de succéder à la colère. « Qu'ai-je fait, misérable ! dit-il. Je viens d'assommer un homme ! Ah ! j'ai porté trop loin ma vengeance. Grand Dieu ! si vous n'avez pitié de moi, c'est fait de ma vie. Maudites soient mille fois les graisses et les huiles qui sont cause que j'ai commis une action si criminelle. » Il demeura pâle et défait ; il croyait déjà voir les ministres de la justice qui le traînaient au supplice, et il ne savait quelle résolution il devait prendre…

L'aurore qui paraissait obligea Scheherazade à mettre fin à son discours ; mais elle en reprit le fil sur la fin de la nuit suivante, et dit au sultan des Indes :

CXXV^e NUIT

Sire, le pourvoyeur du sultan de Casgar, en frappant le bossu, n'avait pas pris garde à sa bosse : lorsqu'il s'en aperçut, il fit des imprécations[17] contre lui. « Maudit bossu, s'écria-t-il, chien de bossu, plût à Dieu que tu m'eusses volé toutes mes graisses, et que je ne t'eusse point trouvé ici : je ne serais pas dans l'embarras où je suis pour l'amour de toi et de ta vilaine bosse ! Étoiles qui brillez aux cieux, ajouta-t-il, n'ayez de la lumière que pour moi dans un danger si évident. » En disant ces paroles, il chargea le bossu sur ses épaules, sortit de sa chambre, alla jusqu'au bout de la rue, où l'ayant posé debout et appuyé contre une boutique, il reprit le chemin de sa maison sans regarder derrière lui.

16. Regarder.
17. Prières.

Quelques moments avant le jour, un marchand chrétien qui était fort riche et qui fournissait au palais du sultan la plupart des choses dont on y avait besoin, après avoir passé la nuit en débauche[18], s'avisa de sortir de chez lui pour aller au bain. Quoiqu'il fût ivre, il ne laissa pas[19] de remarquer que la nuit était fort avancée, et qu'on allait bientôt appeler à la prière de la pointe du jour. C'est pourquoi, précipitant ses pas, il se hâtait d'arriver au bain, de peur que quelque musulman, en allant à la mosquée, ne le rencontrât et ne le menât en prison comme un ivrogne. Néanmoins, quand il fut au bout de la rue, il s'arrêta pour quelque besoin contre la boutique où le pourvoyeur du sultan avait mis le corps du bossu, lequel, venant à être ébranlé, tomba sur le dos du marchand, qui, dans la pensée que c'était un voleur qui l'attaquait, le renversa par terre d'un coup de poing qu'il lui déchargea sur la tête; il lui en donna beaucoup d'autres ensuite, et se mit à crier au voleur.

18. Mauvaise conduite.

19. Il ne manqua pas.

Le garde du quartier vint à ses cris ; et, voyant que c'était un chrétien qui maltraitait un musulman (car le bossu était de notre religion) : « Quel sujet avez-vous, lui dit-il, de maltraiter ainsi un musulman ? – Il a voulu me voler, répondit le marchand, et il s'est jeté sur moi pour me prendre à la gorge. – Vous vous êtes assez vengé, répliqua le garde en le tirant par le bras, ôtez-vous de là. » En même temps il tendit la main au bossu pour l'aider à se relever ; mais, remarquant qu'il était mort : « Oh ! oh ! poursuivit-il, c'est donc ainsi qu'un chrétien a la hardiesse d'assassiner un musulman ! » En achevant ces mots, il arrêta le chrétien et le mena chez le lieutenant de police, où on le mit en prison jusqu'à ce que le juge fût levé et en état d'interroger l'accusé. Cependant le marchand chrétien revint de son ivresse, et plus il faisait de réflexions sur son aventure, moins il pouvait comprendre comment de simples coups de poing avaient été capables d'ôter la vie à un homme.

Le lieutenant de police, sur le rapport du garde, et ayant vu le cadavre qu'on avait apporté chez lui, interrogea le marchand chrétien, qui ne put nier un crime qu'il n'avait pas commis. Comme le bossu appartenait au sultan, car c'était un de ses bouffons, le lieutenant de police ne voulut pas faire mourir le chrétien sans avoir auparavant appris la volonté du prince. Il alla au palais pour cet effet rendre compte de ce qui se passait au sultan, qui lui dit : « Je n'ai point de grâce à accorder à un chrétien qui tue un musulman : allez, faites votre charge. » À ces paroles, le juge de police fit dresser une potence[20], envoya des crieurs[21] par la ville pour publier qu'on allait pendre un chrétien qui avait tué un musulman.

Enfin on tira le marchand de prison, on l'amena au pied de la potence ; et le bourreau, après lui avoir attaché la corde au

20. Instrument servant au supplice de la pendaison.
21. Personnes qui annonçaient à haute voix des proclamations publiques.

cou, allait l'élever en l'air, lorsque le pourvoyeur du sultan, fendant la presse[22], s'avança en criant au bourreau : « Attendez, attendez ; ne vous pressez pas : ce n'est pas lui qui a commis le meurtre, c'est moi. » Le lieutenant de police, qui assistait à l'exécution, se mit à interroger le pourvoyeur, qui lui raconta de point en point de quelle manière il avait tué le bossu, et il acheva en disant qu'il avait porté son corps à l'endroit où le marchand chrétien l'avait trouvé. « Vous alliez, ajouta-t-il faire mourir un innocent, puisqu'il ne peut pas avoir tué un homme qui n'était plus en vie. C'est bien assez pour moi d'avoir assassiné un musulman, sans charger encore ma conscience de la mort d'un chrétien qui n'est pas criminel... »

Le jour qui commençait à paraître empêcha Scheherazade de poursuivre son discours ; mais elle en reprit la suite sur la fin de la nuit suivante :

CXXVI^{e} NUIT

Sire, dit-elle, le pourvoyeur du sultan de Casgar s'étant accusé lui-même publiquement d'être l'auteur de la mort du bossu, le lieutenant de police ne put se dispenser de rendre justice au marchand. « Laisse, dit-il au bourreau, laisse aller le chrétien, et pends cet homme à sa place, puisqu'il est évident, par sa propre confession, qu'il est le coupable. » Le bourreau lâcha le marchand, mit aussitôt la corde au cou du pourvoyeur ; et, dans le temps qu'il allait l'expédier, il entendit la voix du médecin juif qui le priait instamment de suspendre[23] l'exécution, et qui se faisait faire place pour se rendre au pied de la potence.

Quand il fut devant le juge de police : « Seigneur, lui dit-il, ce musulman que vous voulez faire pendre n'a pas mérité la

22. Écartant la foule.

23. Remettre à plus tard.

mort ; c'est moi seul qui suis criminel. Hier, pendant la nuit, un homme et une femme que je ne connais pas vinrent frapper à ma porte avec un malade qu'ils m'amenaient. Ma servante alla ouvrir sans lumière, reçut d'eux une pièce d'argent pour me venir dire de leur part de prendre la peine de descendre pour voir le malade. Pendant qu'elle me parlait, ils apportèrent le malade au haut de l'escalier, et puis disparurent. Je descendis sans attendre que ma servante eût allumé une chandelle ; et dans l'obscurité, venant à donner du pied contre le malade, je le fis rouler jusqu'au bas de l'escalier. Enfin je vis qu'il était mort, et que c'était le musulman bossu dont on veut aujourd'hui venger le trépas[24]. Nous prîmes le cadavre, ma femme et moi, nous le portâmes sur notre toit, d'où nous le passâmes sur celui du pourvoyeur, notre voisin, que vous alliez faire mourir injustement, et nous le descendîmes dans sa chambre par sa cheminée. Le pourvoyeur, l'ayant trouvé chez lui, l'a traité comme un voleur, l'a frappé et a cru l'avoir tué ; mais cela n'est pas, comme vous le voyez par ma déposition. Je suis donc le seul auteur du meurtre ; et, quoique je le sois contre mon intention, j'ai résolu d'expier mon crime[25], pour n'avoir pas à me reprocher la mort de deux musulmans en souffrant que vous ôtiez la vie au pourvoyeur du sultan, dont je viens vous révéler l'innocence. Renvoyez-le donc, s'il vous plaît, et me mettez à sa place, puisque personne que moi n'est cause de la mort du bossu… »

La sultane Scheherazade fut obligée d'interrompre son récit en cet endroit, parce qu'elle remarqua qu'il était jour. Schahriar se leva, et le lendemain, ayant témoigné qu'il souhaitait d'apprendre la suite de l'histoire du bossu, Scheherazade satisfit ainsi sa curiosité :

24. La mort.

25. Réparer ma faute.

CXXVII^e NUIT

Sire, dit-elle, dès que le juge de police fut persuadé que le médecin juif était le meurtrier, il ordonna au bourreau de se saisir de sa personne et de mettre en liberté le pourvoyeur du sultan. Le médecin avait déjà la corde au cou, et allait cesser de vivre, quand on entendit la voix du tailleur, qui priait le bourreau de ne pas passer plus avant, et qui faisait ranger le peuple pour s'avancer vers le lieutenant de police, devant lequel étant arrivé : « Seigneur, lui dit-il, peu s'en est fallu que vous n'avez fait perdre la vie à trois personnes innocentes ; mais, si vous voulez bien avoir la patience de m'entendre, vous allez connaître le véritable assassin du bossu. Si sa mort doit être expiée par une autre, c'est par la mienne. Hier, vers la fin du jour, comme je travaillais dans ma boutique et que j'étais en humeur de me réjouir, le bossu, à demi ivre, arriva et s'assit. Il chanta quelque temps, et je lui proposai de venir passer la soirée chez moi. Il y consentit, et je l'emmenai. Nous nous mîmes à table, je lui servis un morceau de poisson ; en le mangeant, une arête ou un os s'arrêta dans son gosier, et, quelque chose que nous pûmes faire, ma femme et moi, pour le soulager, il mourut en peu de temps. Nous fûmes fort affligés de sa mort ; et, de peur d'en être repris, nous portâmes le cadavre à la porte du médecin juif. Je frappai, et je dis à la servante qui vint ouvrir de remonter promptement, et de prier son maître, de notre part, de descendre pour voir un malade que nous lui amenions ; et, afin qu'il ne refusât pas de venir, je la chargeai de lui remettre en main propre une pièce d'argent que je lui donnai. Dès qu'elle fut remontée, je portai le bossu au haut de l'escalier sur la première marche, et nous sortîmes aussitôt, ma femme et moi, pour nous retirer chez nous. Le médecin, en voulant descendre, fit rouler le bossu ; ce qui lui a fait croire qu'il était la cause de sa mort.

Puisque cela est ainsi, ajouta-t-il, laissez aller le médecin et me faîtes mourir. »

Le lieutenant de police et tous les spectateurs ne pouvaient assez admirer les étranges événements dont la mort du bossu avait été suivie. « Lâche donc le médecin juif, dit le juge au bourreau, et pends le tailleur, puisqu'il confesse son crime. Il faut avouer que cette histoire est bien extraordinaire, et qu'elle mérite d'être écrite en lettres d'or. » Le bourreau ayant mis en liberté le médecin, passa une corde au cou du tailleur…

« Mais, Sire, dit Scheherazade en s'interrompant en cet endroit, je vois qu'il est déjà jour ; il faut, s'il vous plaît, remettre la suite de cette histoire à demain. » Le sultan des Indes y consentit, et se leva pour aller à ses fonctions ordinaires.

CXXVIII^e NUIT

La sultane, ayant été réveillée par sa sœur, reprit ainsi la parole :

Sire, pendant que le bourreau se préparait à pendre le tailleur, le sultan de Casgar, qui ne pouvait se passer longtemps du bossu, son bouffon, ayant demandé à le voir, un de ses officiers lui dit : « Sire, le bossu dont Votre Majesté est en peine, après s'être enivré hier, s'échappa du palais, contre sa coutume, pour aller courir par la ville, et il s'est trouvé mort ce matin. On a conduit devant le juge de police un homme accusé de l'avoir tué, et aussitôt le juge a fait dresser une potence. Comme on allait pendre l'accusé, un homme est arrivé, et après celui-là un autre, qui s'accusent eux-mêmes et se déchargent l'un l'autre. Il y a longtemps que cela dure, et le lieutenant de police est actuellement occupé à interroger un troisième homme qui se dit le véritable assassin. »

À ce discours, le sultan de Casgar envoya un huissier au lieu du supplice : « Allez, lui dit-il, en toute diligence dire au juge de police qu'il m'amène incessamment[26] les accusés, et qu'on m'apporte aussi le corps du pauvre bossu que je veux voir encore une fois. » L'huissier partit, et, arrivant dans le temps que le bourreau commençait à tirer la corde pour pendre le tailleur, il cria de toute sa force que l'on eût à suspendre l'exécution. Le bourreau, ayant reconnu l'huissier, n'osa passer outre et lâcha le tailleur. Après cela, l'huissier, ayant joint le lieutenant de police, lui déclara la volonté du sultan. Le juge obéit, prit le chemin du palais avec le tailleur, le médecin juif, le pourvoyeur et le marchand chrétien, et fit porter par quatre de ses gens le corps du bossu.

Lorsqu'ils furent tous devant le sultan, le juge de police se prosterna[27] aux pieds de ce prince, et, quand il fut relevé, lui raconta fidèlement tout ce qu'il savait de l'histoire du bossu. Le sultan la trouva si singulière qu'il ordonna à son historiographe[28] particulier de l'écrire avec toutes ses circonstances ; puis, s'adressant à toutes les personnes qui étaient présentes : « Avez-vous jamais, leur dit-il, rien entendu de plus surprenant que ce qui vient d'arriver à l'occasion du bossu, mon bouffon ? » Le marchand chrétien, après s'être prosterné jusqu'à toucher la terre de son front, prit alors la parole : « Puissant monarque, dit-il, je sais une histoire plus étonnante que celle dont on vient de vous faire le récit ; je vais vous la raconter, si Votre Majesté veut m'en donner la permission. Les circonstances en sont telles qu'il n'y a personne qui puisse les entendre sans en être touché. » Le sultan lui permit de la dire. [...]

26. Immédiatement.
27. S'inclina en signe de respect profond.
28. Écrivain officiel de l'histoire de son temps.

Chacun des personnages accusés de meurtre raconte son histoire au sultan de Casgar. Le tailleur, quant à lui, raconte l'histoire d'un jeune homme qu'il a rencontré, devenu boiteux à cause d'un barbier et de ses bavardages. Il raconte ensuite l'histoire de ce barbier, qui se défend d'être bavard et se vante au contraire d'être discret et silencieux.

Le sultan de Casgar, séduit par le personnage du barbier demande à le voir. Le barbier est donc présenté au sultan…

« Homme silencieux, lui dit-il, j'ai appris que vous aviez des histoires merveilleuses, voudriez-vous bien m'en raconter quelques-unes ? – Sire, lui répondit le barbier, laissons là, s'il vous plaît, pour le présent, les histoires que je puis savoir. Je supplie très humblement Votre Majesté de me permettre de lui demander ce que font ici devant elle ce chrétien, ce juif, ce musulman, et ce bossu mort que je vois là étendu par terre. » Le sultan sourit de la liberté du barbier, et lui répliqua : « Qu'est-ce que cela vous importe ? – Sire, repartit le barbier, il m'importe de faire la demande que je fais, afin que Votre Majesté sache que je ne suis pas un grand parleur comme quelques-uns le prétendent, mais un homme justement appelé le Silencieux… »

Scheherazade, frappée par la clarté du jour qui commençait à éclairer l'appartement du sultan des Indes, garda le silence en cet endroit, et reprit son discours la nuit suivante en ces termes :

CLXXXIV[e] NUIT

Sire, le sultan de Casgar eut la complaisance de satisfaire la curiosité du barbier. Il commanda qu'on lui racontât l'histoire du petit bossu, puisqu'il paraissait le souhaiter avec ardeur.

Lorsque le barbier l'eut entendue, il branla la tête, comme s'il eût voulu dire qu'il y avait là-dessous quelque chose de caché qu'il ne comprenait pas. « Véritablement, s'écria-t-il, cette histoire est surprenante ; mais je suis bien aise d'examiner de près ce bossu. » Il s'en approcha, s'assit par terre, prit la tête sur ses genoux ; et, après l'avoir attentivement regardée, il fit tout à coup un si grand éclat de rire et avec si peu de retenue qu'il se laissa aller sur le dos à la renverse, sans considérer qu'il était devant le sultan de Casgar. Puis, se relevant sans cesser de rire : « On le dit bien, et avec raison, s'écria-t-il encore, qu'on ne meurt pas sans cause. Si jamais histoire a mérité d'être écrite en lettres d'or, c'est celle de ce bossu. »

À ces paroles, tout le monde regarda le barbier comme un bouffon, ou comme un vieillard qui avait l'esprit égaré. « Homme silencieux, lui dit le sultan, parlez-moi : qu'avez-vous donc à rire si fort ? – Sire, répondit le barbier, je jure par l'humeur bienfaisante de Votre Majesté que ce bossu n'est pas mort ! Il est encore en vie ; et je veux passer pour un extravagant si je ne vous le fais voir à l'heure même. » En achevant ces mots, il prit une boîte où il y avait plusieurs remèdes, qu'il portait sur lui pour s'en servir dans l'occasion, et il en tira une petite fiole balsamique dont il frotta longtemps le cou du bossu. Ensuite, il prit dans son étui un ferrement fort propre qu'il lui mit entre les dents ; et, après lui avoir ouvert la bouche, il lui enfonça dans le gosier de petites pincettes, avec quoi il tira le morceau de poisson et l'arête qu'il fit voir à tout le monde. Aussitôt le bossu éternua, étendit les bras et les pieds, ouvrit les yeux, et donna plusieurs autres signes de vie.

Le sultan de Casgar et tous ceux qui furent témoins d'une si belle opération furent moins surpris de voir revivre le bossu, après avoir passé une nuit entière et la plus grande partie du jour sans donner aucun signe de vie, que du mérite et de la capacité du barbier, qu'on commença malgré ses défauts, à regarder comme un grand personnage. Le sultan, ravi de joie et d'admiration, ordonna que l'histoire du bossu fût mise par écrit avec celle du barbier, afin que la mémoire, qui méritait si bien d'être conservée, ne s'en éteignît jamais. Il n'en demeura pas là : pour que le tailleur, le médecin juif, le pourvoyeur et le marchand chrétien, ne se ressouvinssent qu'avec plaisir de l'aventure que l'accident du bossu leur avait causée, il ne les renvoya chez eux qu'après leur avoir donné à chacun une robe fort riche dont il les fit revêtir en sa présence. À l'égard du barbier, il l'honora d'une grosse pension, et le retint auprès de sa personne.

La sultane Scheherazade finit ainsi cette longue suite d'aventures auxquelles la prétendue mort du bossu avait donné occasion. Comme le jour paraissait déjà, elle se tut; et sa chère sœur Dinarzade, voyant qu'elle ne parlait plus, lui dit : « Ma princesse, ma sultane, je suis d'autant plus charmée de l'histoire que vous venez d'achever qu'elle finit par un incident à quoi je ne m'attendais pas. J'avais cru le bossu mort absolument. – Cette surprise m'a fait plaisir, dit Schahriar, aussi bien que les aventures des frères du barbier. – L'histoire du jeune boiteux de Bagdad m'a encore fort divertie, reprit Dinarzade. – J'en suis bien aise, ma chère sœur, dit la sultane; et, puisque j'ai eu le bonheur de ne pas ennuyer le sultan, notre seigneur et maître, si Sa Majesté me faisait encore la grâce de me conserver la vie, j'aurais l'honneur de lui raconter demain l'histoire des amours d'Aboulhassan Ali Ebn Becar et de Schemselnihar, favorite du calife Haroûn-al Râchid, qui n'est pas moins digne de son attention et de la vôtre que l'histoire du bossu. »

Repérer et analyser

La situation d'énonciation

1 Rappelez la situation d'énonciation : quel personnage raconte des histoires ? À qui ? Depuis combien de nuits ? Pour quelle raison ?

2 « (car le bossu était de notre religion) » (l. 151-152) : qui parle dans cette parenthèse ?

L'histoire racontée

Un récit se décompose traditionnellement en cinq étapes que l'on nomme le schéma narratif :
- une situation initiale qui présente les circonstances de départ (personnages, lieux, époque…) ;
- un premier événement (élément déclencheur) qui lance l'action ;
- une suite d'actions qui s'enchaînent ;
- un dernier événement qui permet à l'action de se dénouer (dénouement) ;
- une situation finale qui instaure un nouvel état différent de celui présenté dans la situation initiale.

La formule d'entrée, la situation initiale, le cadre

Les contes commencent souvent par une formule traditionnelle qui renvoie à un passé indéfini et lointain : « Il était une fois… » ; « Il y avait une fois… » ; « Un homme avait… ».

3 Relevez la formule qui introduit le conte (l. 5) : s'agit-il d'une formule traditionnelle ?

4 Dans quel lieu l'action se déroule-t-elle ? Dans quelle région du monde ?

5 Qui sont les deux personnages qui sont cités dans la première phrase ? Quelle est leur situation au début du conte ?

Les actions

6 **a.** Relevez l'indication temporelle qui introduit l'action (l. 5 à 11).
b. Quel est le personnage qui apparaît ? Quelle importance peut-il avoir dans l'action ? Référez-vous au titre du conte.
c. Quels autres personnages rencontre-t-il ? Dans quelles circonstances ?

7 Plusieurs actions s'enchaînent ensuite de la ligne 15 à la ligne 177. Remettez-les dans l'ordre.
a. Le bossu s'étrangle avec une arête de poisson et tombe mort.
b. Le tailleur et sa femme invitent le bossu à dîner.
c. Le pourvoyeur aperçoit le cadavre, il le prend pour un voleur, le frappe, et croit l'avoir tué.
d. Le marchand chrétien prend pour un voleur le cadavre du bossu qu'il voit appuyé contre une boutique. Il appelle le garde du sultan, frappe le cadavre, et est accusé de l'avoir tué.
e. Le médecin juif ouvre la porte, il trébuche sur le cadavre, le fait tomber, et croit l'avoir tué.
f. Craignant d'être accusés de la mort du bossu, le tailleur et sa femme se débarrassent du cadavre en le déposant à la porte d'un médecin.
g. Craignant d'être accusés de la mort du bossu déposé devant leur porte, le médecin juif et sa femme déposent le cadavre dans le jardin du pourvoyeur du sultan.
h. Craignant d'être accusé de la mort du bossu, le pourvoyeur du sultan s'en débarrasse en le posant debout appuyé contre une boutique.
i. Accusé d'avoir tué le bossu, le marchand chrétien est condamné à être pendu.

8 **a.** Quel personnage sauve le courtier chrétien au moment où il va être pendu en s'accusant d'être l'auteur du meurtre ?
b. Faites la liste des personnages qui viennent s'accuser ensuite de la même façon.

9 **a.** Pour quelle raison le sultan fait-il rechercher le bossu ?
b. Quel sort réserve-t-il aux personnages considérés comme les meurtriers du bossu ?
c. À quelle condition pourront-ils être sauvés ?

Le dénouement, la situation finale

10 Un autre personnage apparaît à la fin du conte : le barbier. En quoi permet-il à l'action de se dénouer (de se terminer) ?

11 Qu'advient-il du bossu à la fin du conte ? Pour quelle raison le sultan récompense-t-il le barbier ?

Le comique

12 Montrez que cette histoire est fondée sur une situation qui se répète. Combien de fois se répète-t-elle ? En quoi est-ce amusant ?

Merveilleux et réalité

13 En quoi cette histoire est-elle merveilleuse ?

14 Montrez qu'elle est également ancrée dans la réalité orientale de l'époque. Pour répondre : lisez le paragraphe « Se documenter » ci-dessous ; relevez les informations fournies par le texte concernant les maisons musulmanes ; dites quels sont les commerçants et les autres métiers cités ; citez les différentes religions qui se côtoient dans le même voisinage.

La visée

15 Combien de temps a duré le récit de cette histoire, sachant que les histoires racontées par chacun des personnages ont été intercalées dans le récit (voir le hors-texte entre les lignes 323 et 324) ? Quel effet Scheherazade cherche-t-elle à obtenir auprès du sultan ?

16 **a.** De quel moyen les personnages disposent-ils pour éviter d'être condamnés à mort par le sultan de Chine ?
b. En quoi l'histoire que raconte Scheherazade renvoie-t-elle en quelque sorte à sa propre situation face au sultan Schahriar ?

17 En quoi cette histoire peut-elle plaire au sultan ?

Se documenter

Les villes islamiques

• Les maisons : dans les anciennes villes islamiques, les maisons étaient serrées les unes contre les autres. Chacune possédait un jardinet et une fontaine ainsi qu'une terrasse sur le toit.
• La tolérance religieuse : le Coran prône la tolérance entre les musulmans et les non-musulmans. Les trois religions monothéistes coexistaient en paix dans les villes musulmanes : musulmans, chrétiens et juifs vivaient en harmonie dans les mêmes quartiers et étaient voisins.

Texte 5

Histoire des amours de Camaralzaman

CCXI^{e} NUIT

Le lendemain, avant le jour, dès que la sultane Scheherazade fut éveillée par les soins de Dinarzade, sa sœur, elle raconta au sultan des Indes l'histoire de Camaralzaman, comme elle l'avait promis. [...]

Camaralzaman, le fils du roi d'Iraq Schahzaman, refuse de se marier en raison des maux infinis que les femmes ont causés de tout temps. Le sultan accorde un peu de temps à son fils, mais les années s'écoulent et il ne change guère de sentiment. Or, la raison d'État impose un mariage. À bout de patience et sous les conseils de ses vizirs, le roi enferme le jeune homme dans une tour. Or, à des milliers de kilomètres de là, la fille du roi de Chine, la plus belle qu'on ait jamais vue dans l'univers refuse aussi de se marier. Interviennent alors la fée Maimoune et le génie Danhasch. Tous deux décident de les réunir. Ils transportent la princesse endormie de Chine en Iraq auprès du prince. Le prince ouvre les yeux et tombe immédiatement amoureux. Il échange son anneau contre le sien puis s'endort. À ce moment, le génie éveille la princesse qui tombe elle aussi amoureuse du jeune homme. Elle s'aperçoit qu'il porte sa bague, voyant là un signe de mariage. La princesse se rendort et le génie la reconduit en Chine. À leur réveil, le prince comme la princesse, croyant que ce sont leurs parents qui leur ont amené la jeune fille et le jeune homme, les informent de leur désir de se marier. Le prince supplie son père de lui amener la jeune fille, et comprenant que son père ne peut le faire, il tombe malade. La princesse, de son côté, supplie ses parents de la marier avec le beau jeune homme rencontré la nuit. Ils la prennent pour une folle et décident de l'enfermer…

CCXVIII[e] NUIT

[…] Le roi de la Chine, inconsolable du malheur qui était arrivé à la princesse sa fille, d'avoir perdu l'esprit, à ce qu'il croyait, songea aux moyens de lui procurer la guérison. Il assembla son conseil, et, après avoir exposé l'état où elle était : « Si quelqu'un de vous, ajouta-t-il, est assez habile pour entreprendre de la guérir et qu'il y réussisse, je la lui donnerai en mariage, et le ferai héritier de mes États et de ma couronne après ma mort. »

Le désir de posséder une belle princesse et l'espérance de gouverner un jour un royaume aussi puissant que celui de la Chine firent un grand effet sur l'esprit d'un émir déjà âgé, qui était présent au conseil. Comme il était habile dans la magie, il se flatta d'y réussir, et s'offrit au roi. « J'y consens, reprit le roi ; mais je veux bien vous avertir auparavant que c'est à condition de vous faire couper le cou si vous ne réussissez pas : il ne serait pas juste que vous méritassiez une si grande récompense sans risquer quelque chose de votre côté. Ce que je dis de vous, je le dis de tous les autres qui se présenteront après vous, au cas que vous n'acceptiez pas la condition, ou que vous ne réussissiez pas.

L'émir accepta la condition, et le roi le mena lui-même chez la princesse. La princesse se couvrit le visage dès qu'elle vit paraître l'émir. « Sire, dit-elle, Votre Majesté me surprend de m'amener un homme que je ne connais pas, et à qui la religion me défend de me laisser voir. – Ma fille, reprit le roi, sa présence ne doit pas vous scandaliser ; c'est un de mes émirs qui vous demande en mariage. – Sire, repartit[1] la princesse,

1. Répondit.

ce n'est pas celui que vous m'avez déjà donné, et dont j'ai reçu la foi par la bague que je porte : ne trouvez pas mauvais que je n'en accepte pas un autre. »

L'émir s'était attendu que la princesse ferait et dirait des extravagances[2]. Il fut très étonné de la voir tranquille, et parler de si bon sens ; et il connut très parfaitement qu'elle n'avait pas d'autre folie qu'un amour très violent qui devait être bien fondé. Il n'osa pas prendre la liberté de s'en expliquer au roi. Le roi n'aurait pu souffrir que la princesse eût ainsi donné son cœur à un autre que celui qu'il voulait lui donner de sa main. Mais, en se prosternant à ses pieds : « Sire, dit-il, après ce que je viens d'entendre, il serait inutile que j'entreprisse de guérir la princesse ; je n'ai pas de remèdes propres à son mal, et ma vie est à la disposition de Sa Majesté. » Le roi, irrité de l'incapacité de l'émir et de la peine qu'il lui avait donné, lui fit couper la tête.

Quelques jours après, afin de n'avoir pas à se reprocher d'avoir rien négligé pour procurer la guérison à la princesse, ce monarque fit publier dans sa capitale que, s'il y avait quelque médecin, astrologue, magicien assez expérimenté pour la rétablir en son bon sens, il n'avait qu'à venir se présenter, à condition de perdre la tête s'il ne la guérissait pas. Il envoya publier la même chose dans les principales villes de ses États et dans les cours des princes ses voisins.

Le premier qui se présenta fut un astrologue et magicien, que le roi fit conduire à la prison de la princesse par un eunuque[3]. L'astrologue tira d'un sac qu'il avait apporté sous le bras un astrolabe[4], une petite sphère, un réchaud, plusieurs

2. Des choses déraisonnables.
3. Ici, esclave chargé de garder l'appartement des femmes.
4. Instrument de navigation dont on se servait pour mesurer la hauteur des astres au-dessus de l'horizon.

sortes de drogues propres à des fumigations[5], un vase de cuivre, avec plusieurs autres choses, et demanda du feu.

La princesse de la Chine, demanda ce que signifiait tout cet appareil. « Princesse, répondit l'eunuque, c'est pour conjurer le malin[6] esprit qui vous possède, le renfermer dans le vase que vous voyez, et le jeter au fond de la mer.

– Maudit astrologue, s'écria la princesse, sache que je n'ai pas besoin de tous ces préparatifs, que je suis dans mon bon sens, et que tu es insensé toi-même. Si ton pouvoir va jusque-là, amène-moi seulement celui que j'aime ; c'est le meilleur service que tu puisses me rendre. – Princesse, reprit l'astrologue, si cela est ainsi, ce n'est pas moi, mais du roi votre père uniquement que vous devez l'attendre. » Il remit dans son sac ce qu'il en avait tiré, bien fâché de s'être engagé si facilement à guérir une maladie imaginaire.

Quand l'eunuque eut ramené l'astrologue devant le roi de la Chine, l'astrologue n'attendit pas que l'eunuque parlât au roi, il lui parla lui-même d'abord. « Sire, lui dit-il avec hardiesse, selon que Votre Majesté l'a fait publier et qu'elle me l'a confirmé elle-même, j'ai cru que la princesse était folle, et j'étais sûr de la rétablir en son bon sens par les secrets dont j'ai connaissance ; mais je n'ai pas été longtemps à reconnaître qu'elle n'a pas d'autre maladie que celle d'aimer, et mon art ne s'étend pas jusqu'à remédier au mal d'amour. Votre Majesté y remédiera mieux que personne quand elle voudra lui donner le mari qu'elle demande. »

Le roi traita cet astrologue d'insolent, et lui fit couper le cou. Pour ne pas ennuyer Votre Majesté par des répétitions, tant astrologues que médecins et magiciens, il s'en présenta cent cinquante, qui eurent tous le même sort, et leurs têtes furent rangées au-dessus de chaque porte de la ville.

5. Production de vapeurs désinfectantes.
6. Mauvais.

La nourrice de la princesse de la Chine avait un fils nommé Marzavan, frère de lait[7] de la princesse, qu'elle avait nourri et élevé avec elle. Leur amitié avait été si grande pendant leur enfance, tout le temps qu'ils avaient été ensemble, qu'ils se traitaient de frère et de sœur, même après que leur âge un peu avancé eut obligé de les séparer.

Entre plusieurs sciences dont Marzavan avait cultivé son esprit dès sa plus grande jeunesse, son inclination[8] l'avait porté particulièrement à l'étude de l'astrologie judiciaire, de la géomancie[9] et d'autres sciences secrètes, et il s'y était rendu très habile. Non content de ce qu'il avait appris de ses maîtres, il s'était mis en voyage dès qu'il se fut senti assez de forces pour en supporter la fatigue. Il n'y eut pas d'homme célèbre en aucune science et en aucun art qu'il n'ait fréquenté assez de temps pour en tirer toutes les connaissances qui étaient de son goût.

Après une absence de plusieurs années, Marzavan revint enfin à la capitale de la Chine ; et les têtes coupées et rangées qu'il aperçut au-dessus de la porte par où il entra le surprirent extrêmement. Dès qu'il fut rentré chez lui, il demanda pourquoi elles y étaient, et, sur toutes choses, il s'informa des nouvelles de la princesse, sa sœur de lait, qu'il n'avait pas oubliée. Comme on ne put le satisfaire sur la première demande sans y comprendre la seconde, il apprit en gros ce qu'il souhaitait, avec bien de la douleur, en attendant que sa mère, nourrice de la princesse, lui en apprît davantage…

Scheherazade mit fin à son discours en cet endroit pour cette nuit. Elle le reprit la suivante en ces termes, qu'elle adressa au sultan des Indes :

7. Frère, sœur de lait : enfants de parents différents mais qui ont eu la même nourrice.

8. Goût, penchant.

9. Techniques divinatoires.

CCXIX[e] NUIT

Sire, dit-elle, quoique la nourrice, mère de Marzavan, fût très occupée auprès de la princesse de la Chine, elle n'eut pas néanmoins plus tôt appris que ce cher fils était de retour qu'elle trouva le temps de sortir, de l'embrasser et de s'entretenir quelques moments avec lui. Après qu'elle lui eut raconté, les larmes aux yeux, l'état pitoyable où était la princesse et le sujet pourquoi[10] le roi de la Chine lui faisait ce traitement, Marzavan lui demanda si elle ne pouvait pas lui procurer le moyen de la voir en secret, sans que le roi en eût connaissance. Après que la nourrice y eut pensé quelques moments : « Mon fils, lui dit-elle, je ne puis vous rien dire là-dessus présentement ; mais attendez-moi demain à la même heure, je vous en donnerai la réponse. »

Comme, après la nourrice, personne ne pouvait s'approcher de la princesse que par la permission de l'eunuque qui commandait à la garde de la porte, la nourrice, qui savait qu'il était dans le service depuis peu, et qu'il ignorait ce qui s'était passé auparavant à la cour du roi de la Chine, s'adressa à lui. « Vous savez, lui dit-elle, que j'ai élevé et nourri la princesse ; vous ne savez peut-être pas de même que je l'ai nourrie avec une fille de même âge que j'avais alors, et que j'ai mariée il n'y a pas longtemps. La princesse, qui lui fait l'honneur de l'aimer toujours, voudrait bien la voir ; mais elle souhaite que cela se passe sans que personne la voie ni entrer ni sortir. »

La nourrice voulait parler davantage ; mais l'eunuque l'arrêta. « Cela suffit, lui dit-il ; je ferai toujours avec plaisir tout ce qui sera en mon pouvoir pour obliger[11] la princesse : faites

10. La raison pour laquelle.
11. Faire plaisir.

venir, ou allez prendre votre fille vous-même quand il sera nuit, et amenez-la après que le roi se sera retiré ; la porte lui sera ouverte. »

Dès qu'il fit nuit, la nourrice alla trouver son fils Marzavan. Elle le déguisa elle-même en femme, d'une manière que personne n'eût pu s'apercevoir que c'était un homme, et l'amena avec elle. L'eunuque, qui ne douta pas que ce ne fût sa fille, leur ouvrit la porte et les laissa entrer ensemble.

Avant de présenter Marzavan, la nourrice s'approcha de la princesse. « Madame, lui dit-elle, ce n'est pas une femme que vous voyez, c'est mon fils Marzavan, nouvellement arrivé de ses voyages, que j'ai trouvé moyen de faire entrer sous cet habillement. J'espère que vous voudrez bien qu'il ait l'honneur de vous rendre ses respects. »

Au nom de Marzavan, la princesse témoigna une grande joie. [...]

Marzavan s'entretient avec la princesse et lui promet de retrouver le jeune homme qu'elle aime. Il parcourt le monde et arrive en une ville (capitale du royaume de Schahzaman) où il apprend que le prince Camaralzaman est malade et souffre du même mal que la princesse Badoure. Il arrive auprès de lui, lui raconte l'histoire de la princesse et l'emmène en Chine dans le palais de la princesse. On le conduit auprès d'elle, il lui fait passer un billet...

CCXXIe NUIT

Billet du prince Camaralzaman à la princesse de la Chine

Adorable princesse, l'amoureux prince Camaralzaman ne vous parle pas des maux inexprimables qu'il souffre depuis la nuit fatale que vos charmes lui firent perdre une liberté qu'il avait résolu de conserver toute sa vie. Il vous marque seulement qu'alors il vous donna son cœur dans votre charmant sommeil : sommeil importun [12] qui le priva du vif éclat de vos beaux yeux malgré ses efforts pour vous obliger de les ouvrir. Il osa même vous donner sa bague pour marque de son amour, et prendre la vôtre en échange, qu'il vous envoie dans ce billet. Si vous daignez la lui renvoyez pour gage réciproque du vôtre, il s'estimera le plus heureux de tous les amants ; sinon, votre refus ne l'empêchera pas de recevoir le coup de la mort avec une résignation d'autant plus grande qu'il le recevra pour l'amour de vous. Il attend votre réponse dans votre antichambre.

Lorsque le prince Camaralzaman eut achevé ce billet, il en fit un paquet avec la bague de la princesse, qu'il enveloppa dedans, sans faire voir à l'eunuque ce que c'était ; et, en le lui donnant : « Ami, dit-il, prends et porte ce paquet à ta maîtresse. Si elle ne guérit du moment qu'elle aura lu le billet et vu ce qui l'accompagne, je te permets de publier que je suis le plus indigne et le plus impudent de tous les astrologues qui ont été, qui sont et qui seront à jamais… »

Le jour, que la sultane Scheherazade vit paraître en achevant ces paroles, l'obligea d'en demeurer là. Elle poursuivit la nuit suivante, et dit au sultan des Indes :

12. Gênant.

CCXXII^e NUIT

Sire, l'eunuque entra dans la chambre de la princesse de la Chine, et, en lui présentant le paquet que le prince Camaralzaman lui envoyait : « Princesse, dit-il, un astrologue plus téméraire que les autres, si je ne me trompe, vient d'arriver, et prétend que vous serez guérie dès que vous aurez lu ce billet et vu ce qui est dedans. Je souhaiterais qu'il ne fût ni menteur ni imposteur. »

La princesse Badoure prit le billet et l'ouvrit avec assez d'indifférence ; mais, dès qu'elle eut vu sa bague, elle ne se donna presque pas le loisir d'achever de lire. Elle se leva avec précipitation, rompit la chaîne qui la tenait attachée, de l'effort qu'elle fit, courut à la portière et l'ouvrit. La princesse reconnut le prince, le prince la reconnut. Aussitôt ils coururent l'un à l'autre, s'embrassèrent tendrement, et, sans pouvoir parler dans l'excès de leur joie, ils se regardèrent longtemps, en admirant comment ils se revoyaient après leur première entrevue, à laquelle ils ne pouvaient rien comprendre. La nourrice, qui était accourue avec la princesse, les fit entrer dans la chambre, où la princesse rendit sa bague au prince. « Reprenez-la, lui dit-elle, je ne pourrais pas la retenir sans vous rendre la vôtre, que je veux garder toute ma vie ; elles ne peuvent être l'une et l'autre en de meilleures mains. »

L'eunuque cependant était allé en diligence [13] avertir le roi de la Chine de ce qui venait de se passer. « Sire, lui dit-il, tous les astrologues, médecins et autres qui ont osé entreprendre de guérir la princesse jusqu'à présent, n'étaient que des ignorants. Ce dernier venu ne s'est servi ni de grimoire [14], ni de conjurations [15] d'esprits malins, ni de parfums, ni d'autres choses ; il l'a guérie sans la voir. » Il lui en raconta la manière, et le roi,

13. Sans perdre de temps.
14. Livre de magie.
15. Formules magiques.

agréablement surpris, vint aussitôt à l'appartement de la princesse, qu'il embrassa ; il embrassa le prince de même, prit sa main, et, en la mettant dans celle de la princesse : « Heureux étranger, lui dit-il, qui que vous soyez, je tiens ma promesse, et je vous donne ma fille pour épouse. À vous voir, néanmoins, il n'est pas possible que je me persuade que vous soyez ce que vous paraissez et ce que vous avez voulu me faire croire. »

Le prince Camaralzaman remercia le roi dans les termes les plus soumis pour lui mieux témoigner sa reconnaissance. « Pour ce qui est de ma personne, Sire, poursuivit-il, il est vrai que je ne suis pas astrologue, comme Votre Majesté l'a bien jugé ; je n'en ai pris que l'habillement pour mieux réussir à mériter la haute alliance du monarque le plus puissant de l'univers. Je suis né prince, fils de roi et de reine : mon nom est Camaralzaman, et mon père s'appelle Schahzaman, qui règne dans les îles assez connues des Enfants de Khaledan. » Ensuite il lui raconta son histoire, et lui fit connaître combien l'origine de son amour était merveilleuse ; que celle de l'amour de la princesse était la même, et que cela se justifiait par l'échange des deux bagues.

Quand le prince Camaralzaman eut achevé : « Une histoire si extraordinaire, s'écria le roi, mérite de n'être pas inconnue à la postérité. Je la ferai faire ; et, après que j'en aurai fait mettre l'original en dépôt dans les archives de mon royaume, je la rendrai publique, afin que de mes États elle passe encore dans les autres. »

La cérémonie du mariage se fit le même jour, et l'on en fit des réjouissances solennelles dans toute l'étendue de la Chine. [...]

Questions

Repérer et analyser

La situation d'énonciation et le cadre

1 Rappelez la situation d'énonciation : quel personnage raconte des histoires ? À qui ? Depuis combien de nuits ? Pourquoi ?

2 Dans quel pays la princesse et le prince vivent-ils respectivement ? S'agit-il de pays éloignés l'un de l'autre ?

L'histoire racontée

La situation initiale et l'enchaînement des actions

La situation initiale présente souvent un personnage qui souffre d'un manque (manque d'amour, absence de la personne aimée, désir d'avoir un enfant…).

3 Dans quel état la fille du roi se trouve-t-elle ? De quel manque le roi souffre-t-il ?

4 Quelle offre le roi fait-il à celui qui réussira à guérir sa fille ? Quel sort subiront ceux qui échoueront ?

5 **a.** Pour quelle raison l'émir refuse-t-il de soigner la princesse ?
b. Quels personnages se succèdent dans la chambre de la princesse ?
c. Quel sort subissent-ils tous ? Combien subissent ce sort ? Citez le texte. Quelle trace reste-t-il d'eux dans la ville ?

Le personnage médiateur

Un personnage peut servir de médiateur entre deux autres personnages : il favorise leur rencontre ou leurs retrouvailles. Il a alors la qualité d'adjuvant.

6 Qui est Marzavan ? Quelles sciences a-t-il étudié ? Quel lien existe-t-il entre lui et la princesse ?

7 **a.** À quels personnages sert-il de médiateur ?
b. En quoi son action auprès d'eux consiste-t-elle ?
c. Quel rôle la mère de Marzavan joue-t-elle dans cette médiation ?

Le dénouement

8 **a.** Quel est le dénouement de l'histoire ?
b. Le dénouement est-il heureux pour le prince et la princesse ? Relevez les passages qui le prouvent.

Les ingrédients du conte

Le motif du déguisement

9 **a.** Quel est le personnage qui se déguise ? En quoi se déguise-t-il ?
b. Pour quelle raison le fait-il ? Avec l'aide de qui ?

Le billet

10 **a.** Quel personnage envoie un billet ? À qui est-il adressé ? Dans quelles circonstances et pour quelle raison ?
b. Quel en est le contenu ? Relevez le lexique de l'amour et de la mort.
c. Quel objet le billet contient-il ?

Les objets et le merveilleux

11 Quel rôle les deux anneaux échangés par les amoureux jouent-ils dans l'histoire ?

12 Sur quels éléments merveilleux repose cette histoire ?

La visée

13 Combien de nuits a duré le récit de cette histoire ? À quel moment Scheherazade l'interrompt-elle ? Est-ce à un moment important ?

14 Le thème de l'amour

Le thème de l'amour parcourt un grand nombre de contes des *Mille et Une Nuits*.

En quoi ce conte vise-t-il à montrer la force de l'amour ?

Étudier la langue

Le lexique : les éléments grecs

15 Géomancie : « Mancie » est un élément grec qui signifie « divination ». « Géo » signifie « terre ».
a. Qu'est ce qu'une cartomancienne ? une chiromancienne ?
b. Citez trois mots composés de l'élément grec « géo ».

Texte 6

Histoire d'Aladdin ou la lampe merveilleuse (1)

La sultane Scheherazade, en achevant l'histoire d'Abou Hassan, avait promis au sultan Schahriar de lui en raconter une autre le lendemain, qui ne le divertirait pas moins. Dinarzade, sa sœur, ne manqua pas de la faire souvenir avant le jour de tenir sa parole, et que le sultan lui avait témoigné qu'il était prêt à l'entendre. Aussitôt Scheherazade, sans se faire attendre, lui raconta l'histoire qui suit, en ces termes :

Sire, dans la capitale d'un royaume de la Chine, très riche et d'une vaste étendue, dont le nom ne me vient pas présentement à la mémoire, il y avait un tailleur nommé Mustafa, sans autre distinction que celle que sa profession lui donnait. Mustafa le tailleur était fort pauvre, et son travail lui produisait à peine de quoi le faire subsister lui et sa femme, et un fils que Dieu leur avait donné.

Le fils, qui se nommait Aladdin, avait été élevé d'une manière très négligée, et qui lui avait fait contracter des inclinations vicieuses[1]. Il était méchant, opiniâtre[2], désobéissant à son père et à sa mère. Sitôt qu'il fut un peu grand ses parents ne le purent retenir à la maison ; il sortait dès le matin, et il passait les journées à jouer dans les rues et dans les places publiques avec de petits vagabonds qui étaient même au-dessous de son âge.

Dès qu'il fut en âge d'apprendre un métier, son père, qui n'était pas en état de lui en faire apprendre un autre que le sien, le prit en sa boutique, et commença à lui montrer de

1. Tendance à faire le mal.

2. Têtu, résistant.

quelle manière il devait manier l'aiguille ; mais ni par douceur, ni par crainte d'aucun châtiment, il ne fut pas possible au père de fixer l'esprit volage de son fils : il ne put le contraindre à se contenir et à demeurer assidu et attaché au travail, comme il le souhaitait. Sitôt que Mustafa avait le dos tourné, Aladdin s'échappait, et il ne revenait plus de tout le jour. Le père le châtiait ; mais Aladdin était incorrigible, et, à son grand regret, Mustafa fut obligé de l'abandonner à son libertinage[3]. Cela lui fit beaucoup de peine ; et le chagrin de ne pouvoir faire rentrer ce fils dans son devoir lui causa une maladie si opiniâtre qu'il en mourut au bout de quelques mois. […]

À la mort du père, la mère d'Aladdin vend ses biens et se met à filer du coton pour survivre. Aladdin continue à traîner dans les rues et cela jusqu'à l'âge de quinze ans. Un jour, alors qu'il joue avec d'autres enfants, il rencontre un étranger, un magicien africain, qui prétend être son oncle et qui le persuade, en échange de cadeaux et en promettant de faire sa fortune, de le suivre jusque devant l'entrée d'une caverne. Il y trouvera un fabuleux trésor qui lui est destiné. Le magicien allume un feu, y jette un parfum. Apparaît alors une pierre marquant l'entrée de la caverne. Le magicien demande à Aladdin d'y entrer, de traverser trois salles sans s'y arrêter, puis un jardin. Il arrivera ensuite sur une terrasse où il trouvera une lampe qu'il devra rapporter. Le magicien donne un anneau magique à Aladdin pour le protéger.

« Allez, mon enfant, lui dit-il après cette instruction, descendez hardiment ; nous allons être riches l'un et l'autre pour toute notre vie. »

Aladdin sauta légèrement dans le caveau, et il descendit jusqu'au bas des degrés[4] : il trouva les trois salles dont le magicien

3. Vie déréglée.

4. Marches.

africain lui avait fait la description. Il passa au travers avec d'autant plus de précaution qu'il appréhendait de mourir s'il manquait à observer soigneusement ce qui lui avait été prescrit. Il traversa le jardin sans s'arrêter, monta sur la terrasse, prit la lampe allumée, dans la niche [5], jeta le lumignon et la liqueur, et, en la voyant sans humidité comme le magicien le lui avait dit, il la mit dans son sein ; il descendit de la terrasse, et il s'arrêta dans le jardin à en considérer les fruits qu'il n'avait vus qu'en passant. Les arbres de ce jardin étaient tous chargés de fruits extraordinaires. Chaque arbre en portait de différentes couleurs : il y en avait de blancs, de luisants et transparents comme le cristal ; de rouges, les uns plus chargés, les autres moins ; de verts, de bleus, de violets, de tirant sur le jaune, et de plusieurs autres sortes de couleurs. Les blancs étaient des perles ; les luisants et transparents, des diamants ; les rouges les plus foncés, des rubis ; les autres moins foncés, des rubis balais ; les verts, des émeraudes ; les bleus, des turquoises ; les violets, des améthystes ; ceux qui tiraient sur le jaune, des saphirs [6] ; et ainsi des autres ; et ces fruits étaient tous d'une grosseur et d'une perfection à quoi on n'avait encore rien vu de pareil dans le monde. Aladdin, qui n'en connaissait ni le mérite ni la valeur, ne fut pas touché de la vue de ces fruits, qui n'étaient pas de son goût comme l'eussent été des figues, des raisins, et les autres fruits excellents qui sont communs dans la Chine. Aussi n'était-il pas encore dans un âge à en connaître le prix ; il s'imagina que tous ces fruits n'étaient que du verre coloré, et qu'ils ne valaient pas davantage. La diversité de tant de belles couleurs, néanmoins, la beauté et la grosseur extraordinaire de chaque fruit, lui donnèrent envie d'en cueillir de toutes les sortes. En effet, il en prit plusieurs de chaque couleur, et il en emplit ses deux poches et deux bourses toutes

5. Enfoncement dans l'épaisseur d'un mur qui permet d'abriter une statue.
6. Pierres précieuses.

neuves que le magicien lui avait achetées avec l'habit dont il lui avait fait présent, afin qu'il n'eût rien que de neuf; et, comme les deux bourses ne pouvaient tenir dans ses poches, qui étaient déjà pleines, il les attacha de chaque côté à sa ceinture; il en enveloppa même dans les plis de sa ceinture, qui était d'une étoffe de soie ample et à plusieurs tours, et il les accommoda de manière qu'ils ne pouvaient pas tomber; il n'oublia pas aussi d'en fourrer dans son sein, entre la robe et la chemise autour de lui.

Aladdin, ainsi chargé de tant de richesses sans le savoir, reprit en diligence le chemin des trois salles, pour ne pas faire attendre trop longtemps le magicien africain, et, après avoir passé à travers avec la même précaution qu'auparavant, il remonta par où il était descendu et se présenta à l'entrée du caveau, où le magicien africain l'attendait avec impatience. Aussitôt qu'Aladdin l'aperçut : « Mon oncle, lui dit-il, je vous prie de me donner la main pour m'aider à monter. » Le magicien africain lui dit : « Mon fils, donnez-moi la lampe auparavant; elle pourrait vous embarrasser. – Pardonnez-moi, mon oncle, reprit Aladdin, elle ne m'embarrasse pas; je vous la donnerai dès que je serai monté. » Le magicien africain s'opiniâtra[7] à vouloir qu'Aladdin lui mit la lampe entre les mains avant de le tirer du caveau, et Aladdin, qui avait embarrassé cette lampe avec tous ces fruits dont il s'était garni de tous côtés, refusa absolument de la donner qu'il ne fût hors du caveau. Alors le magicien africain, au désespoir de la résistance de ce jeune homme, entra dans une furie épouvantable : il jeta un peu de son parfum sur le feu qu'il avait eu soin d'entretenir, et à peine eut-il prononcé deux paroles magiques que la pierre qui servait à fermer l'entrée du caveau se remit d'elle-même à sa place, avec la terre par-dessus, au même état qu'elle était à l'arrivée du magicien africain et d'Aladdin. [...]

7. S'entêta.

En fait, le magicien africain n'était pas le frère de Mustapha le tailleur. Il avait découvert qu'il y avait dans une caverne de la Chine une lampe merveilleuse dont la possession le rendrait plus puissant que n'importe quel roi. Mais il ne lui était pas permis de rentrer lui-même dans cette caverne, il fallait qu'un autre prenne la lampe à sa place et la lui remette dans les mains. Voyant qu'Aladdin ne lui obéissait pas, et craignant que quelqu'un ne survienne, il avait décidé de le faire périr dans la grotte en l'y enfermant.

Quand il se vit enterré tout vif, il appela mille fois son oncle, en criant qu'il était prêt à lui donner la lampe ; mais ses cris étaient inutiles, et il n'y avait plus moyen d'être entendu ; ainsi il demeura dans les ténèbres et dans l'obscurité. Enfin, après avoir donné quelque relâche [8] à ses larmes, il descendit jusqu'au bas de l'escalier du caveau, pour aller chercher la lumière dans le jardin où il avait déjà passé ; mais le mur, qui s'était ouvert par enchantement, s'était refermé et rejoint par un autre enchantement [9]. Il tâtonne devant lui à droite et à gauche, par plusieurs fois, et il ne trouve plus de porte : il redouble ses cris et ses pleurs, et il s'assied sur les degrés du caveau, sans espoir de revoir jamais la lumière, et avec la triste certitude, au contraire, de passer des ténèbres où il était dans celles d'une mort prochaine.

Aladdin demeura deux jours en regardant la mort comme inévitable, il éleva les mains en les joignant ; et, avec une résignation entière à la volonté de Dieu, il s'écria :

« Il n'y a de force et de puissance qu'en Dieu, le haut, le grand ! »

Dans cette action de mains jointes, il frotta, sans y penser, l'anneau que le magicien africain lui avait mis au doigt et dont il ne connaissait pas encore la vertu. Aussitôt un génie [10], d'une

8. Interruption.
9. Procédé magique.
10. Un être surnaturel.

figure énorme et d'un regard épouvantable, s'éleva devant lui comme de dessous la terre, jusqu'à ce qu'il atteignit de la tête à la voûte et dit à Aladdin ces paroles :

« Que veux-tu ? me voici prêt à t'obéir, comme ton esclave et l'esclave de tous ceux qui ont l'anneau au doigt, moi et les autres esclaves de l'anneau. »

En tout autre temps et en toute autre occasion, Aladdin, qui n'était pas accoutumé à de pareilles visions, eût pu être saisi de frayeur et perdre la parole à la vue d'une figure si extraordinaire ; mais, occupé uniquement du danger présent où il était, il répondit sans hésiter : « Qui que tu sois, fais-moi sortir de ce lieu, si tu en as le pouvoir. » À peine eut-il prononcé ces paroles, que la terre s'ouvrit et qu'il se trouva hors du caveau et à l'endroit justement où le magicien l'avait amené. [...]

Aladdin retrouve sa mère, lui raconte son aventure. Mais celle-ci n'a plus d'argent et il n'y a plus rien à manger. Aladdin décide de vendre sa lampe.

La mère d'Aladdin prit la lampe où elle l'avait mise. « La voilà, dit-elle à son fils, mais elle est bien sale ; pour peu qu'elle soit nettoyée, je crois qu'elle en vaudra quelque chose davantage. » Elle prit de l'eau et un peu de sable fin pour la nettoyer ; mais à peine eût-elle commencé à frotter cette lampe qu'en un instant, en présence de son fils, un génie hideux et d'une grandeur gigantesque s'éleva et parut devant elle, et lui dit d'une voix tonnante : *Que veux-tu ? Me voici prêt à t'obéir comme ton esclave, et de tous ceux qui ont la lampe à la main, moi avec les autres esclaves de la lampe.*

La mère d'Aladdin n'était pas en état de répondre : sa vue n'avait pu soutenir la figure hideuse et épouvantable du génie ; et sa frayeur avait été si grande dès les premières paroles qu'il avait prononcées qu'elle était tombée évanouie.

Aladdin, qui avait déjà eu une apparition à peu près semblable dans le caveau, sans perdre de temps ni le jugement, se saisit promptement de la lampe, et, en suppléant au défaut de sa mère, il répondit pour elle d'un ton ferme : « J'ai faim, dit-il au génie, apporte-moi de quoi manger ». Le génie disparut, et un instant après il revint chargé d'un grand bassin d'argent qu'il portait sur sa tête, avec douze plats couverts de même métal, pleins d'excellents mets arrangés dessus, avec six grands pains blancs comme neige sur les plats, deux bouteilles de vin exquis, et deux tasses d'argent à la main. Il posa le tout sur le sofa, et aussitôt il disparut. [...]

Aladdin explique à sa mère les pouvoirs de la lampe, mais celle-ci, effrayée, refuse d'entendre parler de génie. Aladdin se sert cependant de la lampe merveilleuse si bien que lui et sa mère ne manquent désormais plus de rien. Pendant plusieurs années, Aladdin vit tranquille puis il tombe amoureux de la fille du sultan, la princesse Badroulboudour. Il offre au sultan des diamants et charge sa mère de demander la main de sa fille. Le sultan hésite à donner son accord : il donnera son consentement au mariage si Aladdin lui envoie quarante grands bassins pleins d'or massif remplis des mêmes pierres précieuses qu'il lui a déjà envoyées, portés par quarante esclaves noirs, richement habillés et quarante esclaves blancs. La mère d'Aladdin rapporte le message à son fils, pensant qu'il n'a aucune chance de réussir…

« Mon fils, lui dit-elle, il attend votre réponse ; mais, entre nous, continua-t-elle en souriant, je crois qu'il attendra longtemps. »

« Pas si longtemps que vous croiriez bien, ma mère, reprit Aladdin ; et le sultan se trompe lui-même s'il a cru, par ses demandes exorbitantes[11], me mettre hors d'état de songer à la princesse Badroulboudour. Je m'attendais à d'autres difficultés insurmontables, ou qu'il mettrait mon incomparable princesse à un prix beaucoup plus haut ; mais à présent, je suis content, et ce qu'il me demande est peu de choses en comparaison de ce que je serais en état de lui donner pour en obtenir la possession. Pendant que je vais songer à le satisfaire, allez nous chercher de quoi dîner et laissez-moi faire. »

Dès que la mère d'Aladdin fut sortie pour aller à la provision, Aladdin prit la lampe et il la frotta : dans l'instant, le génie se présenta devant lui ; et, dans les mêmes termes que nous avons déjà rapportés, il lui demanda ce qu'il avait à lui commander, en marquant qu'il était prêt à le servir. Aladdin lui dit : « Le sultan me donne la princesse sa fille en mariage ; mais auparavant il me demande quarante grands bassins d'or massifs et bien pesant, pleins à comble des fruits du jardin

11. Tout à fait excessives.

où j'ai pris la lampe dont tu es esclave. Il exige aussi de moi que ces quarante bassins soient portés par autant d'esclaves noirs, précédés par quarante esclaves blancs, jeunes, bien faits, de belle taille et habillés très richement. Va, et amène-moi ce présent au plus tôt, afin que je l'envoie au sultan avant qu'il lève la séance du divan[12]. » Le génie lui dit que son commandement allait être exécuté incessamment[13], et il disparut.

Très peu de temps, après, le génie se fit revoir accompagné des quarante esclaves noirs, chacun chargé d'un bassin d'or massif du poids de vingt marcs[14], sur la tête, plein de perles, de diamants, de rubis et d'émeraudes mieux choisies, même pour la beauté et pour la grosseur, que celles qui avaient déjà été présentées au sultan ; chaque bassin était couvert d'une toile d'argent à fleurons d'or. Tous ces esclaves, tant noirs que blancs, avec des plats d'or, occupaient presque toute la maison, qui était assez médiocre, avec une petite cour sur le devant et un petit jardin sur le derrière. Le génie demanda à Aladdin s'il était content et s'il avait encore quelque autre commandement à lui faire. Aladdin lui dit qu'il ne lui demandait rien davantage, et il disparut aussitôt. [...]

La mère d'Aladdin revient du marché, elle est surprise de voir tant de richesses. Aladdin lui demande de les porter au sultan. Celui-ci est émerveillé.

« Eh bien ! vizir, dit-il publiquement, que pensez-vous de celui, quel qu'il puisse être, qui m'envoie un présent si riche et si extraordinaire, et que ni moi ni vous ne connaissons ? Le croyez-vous indigne d'épouser la princesse Badroulboudour ma fille ? »

12. Avant qu'il mette fin à la séance du divan, au cours de laquelle étaient réglées les différentes questions concernant l'administration du royaume et la justice.

13. Sans retard.

14. Unité de mesure de masse valant 244,75 grammes.

Quelque jalousie et quelque douleur qu'eût le grand vizir de voir qu'un inconnu allait devenir le gendre du sultan préférablement à son fils, il n'osa néanmoins dissimuler son sentiment. Il était trop visible que le présent d'Aladdin était plus que suffisant pour mériter qu'il fût reçu dans une si haute alliance. Il répondit donc au sultan, et en entrant dans son sentiment : « Sire, dit-il, bien loin d'avoir la pensée que celui qui fait à Votre Majesté un présent si digne d'elle soit indigne de l'honneur qu'elle veut lui faire, j'oserais dire qu'il mériterait davantage, si je n'étais persuadé qu'il n'y a pas de trésor au monde assez riche pour être mis dans la balance avec la princesse fille de Votre Majesté. » Les seigneurs de la cour, qui étaient de la séance du conseil, témoignèrent par leurs applaudissements que leurs avis n'étaient pas différents de celui du grand vizir.

Le sultan ne différa [15] plus ; il ne pensa pas même à s'informer si Aladdin avait les autres qualités convenables à celui qui pouvait aspirer à devenir son gendre. La seule vue de tant de richesses immenses et la diligence avec laquelle Aladdin venait de satisfaire à sa demande, sans avoir formé la moindre difficulté sur des conditions aussi exorbitantes que celles qu'il lui avait imposées, lui persuadèrent aisément qu'il ne lui manquait rien de tout ce qui pouvait le rendre accompli et tel qu'il le désirait. Ainsi, pour renvoyer la mère d'Aladdin avec la satisfaction qu'elle pouvait désirer, il lui dit : « Bonne femme, allez dire à votre fils que je l'attends pour le recevoir à bras ouverts et pour l'embrasser, et que plus il fera de diligence pour venir recevoir de ma main le don que je lui ai fait de la princesse ma fille, plus il me fera de plaisir. » [...]

C'est maintenant au tour d'Aladdin de demander un délai : il veut en effet n'épouser la princesse qu'après avoir fait bâtir un palais digne d'elle.

15. Ne remit pas sa décision à plus tard.

Le soleil venait de se coucher quand Aladdin acheva de charger le génie de la construction du palais qu'il avait imaginé. Le lendemain, à la pointe du jour, Aladdin, à qui l'amour de la princesse ne permettait pas de dormir tranquillement, était à peine levé, que le génie se présenta à lui : « Seigneur, dit-il, votre palais est achevé ; venez voir si vous en êtes content. » Aladdin n'eut pas plus tôt témoigné qu'il le voulait bien, que le génie l'y transporta en un instant. Aladdin le trouva si fort au-dessus de son attente, qu'il ne pouvait assez l'admirer. Le génie le conduisit en tous les endroits ; et, partout il ne trouva que richesses, que propreté, que magnificence, avec des officiers et des esclaves, tous habillés selon leur rang et selon les services auxquels ils étaient destinés. Il ne manqua pas, comme une des choses principales, de lui faire voir le trésor, dont la porte fut ouverte par le trésorier ; et Aladdin y vit des tas de bourses de différentes grandeurs, selon les sommes qu'elles contenaient, élevés jusqu'à la voûte et disposés dans un arrangement qui faisait plaisir à voir. En sortant, le génie l'assura de la fidélité du trésorier. Il le mena ensuite aux écuries ; et là, il lui fit remarquer les plus beaux chevaux qu'il y eût au monde et les palefreniers[16] dans un grand mouvement, occupés à les panser. Il le fit passer ensuite par des magasins remplis de toutes les provisions nécessaires, tant pour les ornements des chevaux que pour leur nourriture.

Quand Aladdin eut examiné tout le palais, d'appartement en appartement et de pièce en pièce, depuis le haut jusqu'en bas, et particulièrement le salon à vingt-quatre croisées[17], et qu'il y eut trouvé des richesses et de la magnificence, avec toutes sortes de commodités, au-delà de ce qu'il s'en était promis, il dit au génie : « Génie, on ne peut être plus content que je ne le suis, et

16. Personnes chargées du soin des chevaux.
17. Fenêtres.

j'aurais tort de me plaindre. Il reste une seule chose dont je ne t'ai rien dit, parce que je ne m'en étais pas avisé : c'est d'étendre, depuis la porte du palais du sultan jusqu'à la porte de l'appartement destiné pour la princesse, dans ce palais-ci, un tapis du plus beau velours, afin qu'elle marche dessus en venant du palais du sultan. – Je reviens dans un moment », dit le génie. Et, comme il eut disparu, peu de temps après, Aladdin fut étonné de voir ce qu'il avait souhaité exécuté sans savoir comment cela s'était fait. Le génie reparut et il reporta Aladdin chez lui, dans le temps qu'on ouvrait la porte du palais du sultan.

Les portiers du palais qui venaient d'ouvrir la porte et qui avaient toujours eu la vue libre du côté où était alors le palais d'Aladdin, furent fort étonnées de la voir bornée et de voir un tapis de velours qui venait, de ce côte-là, jusqu'à la porte du sultan. Ils ne distinguèrent pas bien d'abord ce que c'était ; mais leur surprise augmenta quand ils eurent aperçu distinctement le superbe palais d'Aladdin. La nouvelle d'une merveille si surprenante fut répandue dans tout le palais en très peu de temps. Le grand vizir, qui était arrivé presque à l'ouverture de la porte du palais, n'avait pas été moins surpris de cette nouveauté que les autres ; il en fit part au sultan le premier, il voulut lui faire passer la chose pour un enchantement. « Vizir, reprit le sultan, pourquoi voulez-vous que ce soit un enchantement ? Vous savez aussi bien que moi que c'est le palais qu'Aladdin a fait bâtir, par la permission que je lui en ai donnée en votre présence, pour la princesse ma fille. Après l'échantillon de ses richesses, que nous avons vu, pouvons-nous trouver étrange qu'il ait fait bâtir ce palais en si peu de temps ? Il a voulu nous surprendre et nous faire voir qu'avec de l'argent comptant, on peut faire de ces miracles d'un jour à l'autre. Avouez avec moi que l'enchantement dont vous avez voulu parler vient d'un peu de jalousie. » L'heure d'entrer au conseil l'empêcha de continuer ce discours plus longtemps. […]

Le mariage va avoir lieu. Aladdin charge sa mère d'aller chercher la princesse et de la conduire dans le palais d'Aladdin. La princesse fait ses adieux à son père.

Quand la nuit fut venue, la princesse prit congé du sultan son père. Leurs adieux furent tendres et mêlés de larmes ; ils s'embrassèrent plusieurs fois sans se rien dire, et enfin la princesse sortit de son appartement et se mit en marche, avec la mère d'Aladdin à sa gauche, suivie de cent femmes esclaves, habillées d'une magnificence surprenante. Toutes les troupes d'instruments, qui n'avaient cessé de se faire entendre depuis l'arrivée de la mère d'Aladdin, s'étaient réunies et commençaient cette marche ; elles étaient suivies par cent chiaoux [18] et par un pareil nombre d'eunuques noirs en deux files, avec leurs officiers à leur tête. Quatre cents jeunes pages du sultan, en deux bandes, qui marchaient sur les côtés en tenant chacun un flambeau à la main, faisaient une lumière qui, jointe aux illuminations tant du palais du sultan que de celui d'Aladdin, suppléait merveilleusement au défaut du jour.

Dans cet ordre, la princesse marcha sur le tapis étendu depuis le palais du sultan jusqu'au palais d'Aladdin ; et, à mesure qu'elle avançait, les instruments qui étaient à la tête de la marche, en s'approchant et se mêlant avec ceux qui se faisaient entendre du haut des terrasses du palais d'Aladdin, formèrent un concert qui, tout extraordinaire et confus qu'il paraissait, ne laissait pas d'augmenter la joie, non seulement dans la place, remplie d'un grand peuple, mais même dans les deux palais, dans toute la ville et bien loin au-dehors.

La princesse arriva enfin au nouveau palais, et Aladdin courut, avec toute la joie imaginable, à l'entrée de l'appartement qui lui était destiné, pour la recevoir. La mère d'Aladdin avait

18. Espèce d'huissiers.

eu soin de faire distinguer son fils à la princesse, au milieu des officiers qui l'environnaient; et la princesse, en l'apercevant, le trouva si bien fait qu'elle en fut charmée. « Adorable princesse, lui dit Aladdin, en l'abordant et en la saluant très respectueusement, si j'avais le malheur de vous avoir déplu par la témérité[19] que j'ai eue d'aspirer à la possession d'une si aimable princesse, fille de mon sultan, j'ose vous dire que ce serait à vos beaux yeux et à vos charmes que vous devriez vous en prendre, et non pas à moi. – Prince, que je suis en droit de traiter ainsi à présent, lui répondit la princesse, j'obéis à la volonté du sultan mon père; et il me suffit de vous avoir vu pour vous dire que je lui obéis sans répugnance. » [...]

19. Hardiesse.

Questions

Repérer et analyser

La situation d'énonciation

1 Rappelez la situation d'énonciation : qui raconte l'histoire, à qui et dans quel but ?

L'histoire racontée : le parcours d'Aladdin

Les origines d'Aladdin

2 **a.** De quel pays Aladdin est-il originaire ?
b. Quels étaient le nom et le métier de son père ? Quelle est la situation financière de la famille ?

3 Comment Aladdin passe-t-il ses journées lorsqu'il est jeune ? Quel âge a-t-il environ à la mort de son père ?

4 **a.** Comment sa mère survit-elle ?
b. Aladdin est-il capable d'apprendre le métier de son père ? Pour quelle raison ?

La rencontre

5 **a.** Aladdin rencontre le magicien africain. Quel lien de parenté prétend-il avoir avec Aladdin ?
b. Pour quelle raison le magicien africain s'intéresse-t-il autant à Aladdin ?
c. Par quels moyens se l'attache-t-il ? Que lui promet-il ?

La mission, la première épreuve

6 Dans quel lieu le magicien africain emmène-t-il Aladdin ? Quel objet Aladdin doit-il rapporter de ce lieu ?

7 Arrivé dans ce lieu, quelles différentes pièces Aladdin traverse-t-il ? Que découvre-t-il ?

8 Pour quelle raison Aladdin reste-t-il enfermé dans ce lieu ? Comment en sort-il ?

9 Quelle vie mène-t-il à partir de ce moment ?

La rencontre amoureuse et la seconde épreuve

10 **a.** De quel personnage Aladdin tombe-t-il amoureux ?
b. Quelle condition doit-il remplir pour que le père de la jeune fille accepte le mariage ?
c. Pour quelle raison la mère d'Aladdin trouve-t-elle la condition impossible à réaliser ? Pour quelle raison Aladdin trouve-t-il au contraire que cette condition est réalisable ? Comment réussit-il à la remplir ?

11 Quelle est la réaction du père de la jeune fille lorsqu'il voit qu'Aladdin lui a apporté ce qu'il demandait ?

12 Pour quelle raison Aladdin fait-il bâtir un palais ?

Le dénouement

13 Comment l'épisode se termine-t-il ? Le dénouement est-il heureux ? Pour quels personnages ?

Les personnages et leurs relations

14 Relevez les adjectifs qui caractérisent Aladdin au début de l'extrait. Comment se comporte-t-il ? Quelle image la narratrice donne-t-elle de lui ?

15 Quel rôle la mère d'Aladdin joue-t-elle auprès de son fils ? Et auprès du sultan ?

16 Relevez des passages dans lesquels le vizir se montre jaloux d'Aladdin. Pour quelle raison l'est-il ? En quoi est-il un opposant pour Aladdin ?

17 **a.** Pour quelle raison le sultan apprécie-t-il Aladdin ?
b. Relevez un passage qui montre les liens qui attachent le sultan à sa fille.

L'Orient : réel et merveilleux

Les objets

18 **a.** En quoi la lampe et l'anneau sont-ils merveilleux ? De quelle façon Aladdin se les est-il procurés ? Comment a-t-il découvert leur pouvoir ?

b. La mère d'Aladdin se préoccupe-t-elle du pouvoir de la lampe ?
c. Quelles différentes demandes Aladdin fait-il au génie de la lampe ? Et au génie de l'anneau ?

Les formules magiques

19 Quelle est la formule répétée par le génie de l'anneau et le génie de la lampe lorsqu'ils apparaissent ? Quel est l'effet produit par cette répétition ?

Les richesses

20 **a.** Aladdin pénètre dans le caveau. Relevez le champ lexical des pierres précieuses, des couleurs et de la richesse dans les lignes 39 à 78. Quel est l'effet produit ?
b. Aladdin est-il conscient de la valeur de ce qu'il découvre ? Avec quoi confond-il les pierres précieuses ?
c. Quelles différents présents Aladdin fait-il apporter au sultan ? Relevez les termes qui évoquent l'abondance et les matières précieuses.

Le palais

21 **a.** Relevez quelques éléments qui montrent que le palais d'Aladdin est somptueux. De quelle façon Aladdin a-t-il pu se le faire construire ? Pour quelle raison ce palais intrigue-t-il les habitants ?
b. Quel est le rôle du tapis ? D'où part-il ? Jusqu'où va-t-il ?

La cérémonie du mariage

22 Quels sont les rituels qui précèdent le mariage ?

23 Relevez les mots et expressions qui montrent que dans la ville règne à cette occasion une atmosphère de fête.

La visée

24 Selon vous, le sultan a-t-il envie d'écouter la suite de l'histoire ? L'aventure d'Aladdin peut-elle connaître des rebondissements ?

Texte 7

Histoire d'Aladdin ou la lampe merveilleuse (2)

Aladdin vit heureux pendant plusieurs années avec la princesse Badroulboudour et gagne l'affection de tous par sa gentillesse et sa générosité. Un jour, malheureusement, le magicien africain apprend par des opérations de magie qu'Aladdin qu'il croyait mort est vivant, riche et heureux. Il décide de se rendre en Chine dans la capitale du sultan dont Aladdin a épousé la fille. Arrivé sur place, il apprend qu'Aladdin vit dans un palais somptueux. À la vue de ce palais, il ne doute pas qu'Aladdin l'a acquis grâce à la lampe magique. Le magicien apprend qu'Aladdin s'est absenté pendant quelques jours pour aller à la chasse. Il met au point un plan pour récupérer la lampe.

Il alla à la boutique d'un faiseur et vendeur de lampes. « Maître, dit-il, j'ai besoin d'une douzaine de lampes de cuivre; pouvez-vous me la fournir ? » Le vendeur lui dit qu'il en manquait quelques-unes, mais que, s'il voulait se donner patience jusqu'au lendemain, il la fournirait complète à l'heure qu'il voudrait. Le magicien le voulut bien; il lui recommanda qu'elles fussent propres et bien polies; après lui avoir promis qu'il le payerait bien, il se retira dans son khan[1].

Le lendemain, la douzaine de lampes fut livrée au magicien africain, qui les paya au prix qui lui fut demandé, sans en rien diminuer. Il les mit dans un panier dont il s'était pourvu exprès; et, avec ce panier au bras, il alla vers le palais d'Aladdin, et quand il s'en fut approché, il se mit à crier :

1. Auberge où s'arrêtent les caravanes.

« Qui veut changer de vieilles lampes pour des neuves ? »

À mesure qu'il avançait, et d'aussi loin que les petits enfants qui jouaient dans la place l'entendirent, ils accoururent et ils s'assemblèrent autour de lui, avec de grandes huées[2], et le regardèrent comme un fou. Les passants riaient même de sa bêtise, à ce qu'ils s'imaginaient. « Il faut, disaient-ils, qu'il ait perdu l'esprit, pour offrir de changer des lampes neuves contre des vieilles. »

Le magicien africain ne s'étonna ni des huées des enfants, ni de tout ce qu'on pouvait dire de lui ; et, pour débiter sa marchandise[3], il continua de crier :

« Qui veut changer de vieilles lampes pour des neuves ? »

Il répéta si souvent la même chose, en allant et venant dans la place, devant le palais et à l'entour, que la princesse Badroulboudour, qui était alors dans le salon aux vingt-quatre croisées, entendit la voix d'un homme ; mais, comme elle ne pouvait distinguer ce qu'il criait, à cause des huées des enfants qui le suivaient et dont le nombre augmentait de moment en moment, elle envoya une de ses femmes esclaves, qui l'approchait de plus près, pour voir ce que c'était que ce bruit.

La femme esclave ne fut pas longtemps à remonter ; elle entra dans le salon avec de grands éclats de rire. Elle riait de si bonne grâce, que la princesse ne put s'empêcher de rire elle-même en la regardant : « Eh bien ! folle, dit la princesse, veux-tu me dire pourquoi tu ris ? – Princesse, répondit la femme esclave en riant toujours, qui pourrait s'empêcher de rire en voyant un fou avec un panier au bras plein de belles lampes toutes neuves, qui demande non pas à les vendre, mais à les changer contre de vieilles ? Ce sont les enfants, dont il est si fort environné qu'à peine peut-il avancer, qui font tout le bruit qu'on entend, en se moquant de lui. »

2. Cris de moquerie.

3. Vendre sa marchandise.

Sur ce récit, une autre femme esclave, en prenant la parole : « À propos de vieilles lampes, dit-elle, je ne sais si la princesse a pris garde qu'en voilà une sur la corniche ; celui à qui elle appartient ne sera pas fâché d'en trouver une neuve au lieu de cette vieille. Si la princesse le veut bien, elle peut avoir le plaisir d'éprouver si ce fou est véritablement assez fou pour donner une lampe neuve en échange d'une vieille, sans en rien demander de retour. »

La lampe dont la femme esclave parlait était la lampe merveilleuse dont Aladdin s'était servi pour s'élever au point de grandeur où il était arrivé ; il l'avait mise lui-même sur la corniche avant d'aller à la chasse, dans la crainte de la perdre, et il avait pris la même précaution toutes les autres fois qu'il y était allé. Mais ni les femmes esclaves, ni les eunuques, ni la princesse même, n'y avaient fait attention une seule fois jusqu'alors, pendant son absence ; hors du temps de la chasse, il la portait toujours sur lui. On dira que la précaution d'Aladdin était bonne, mais au moins qu'il aurait dû enfermer la lampe.

Cela est vrai ; mais on a fait de semblables fautes de tout temps ; on en fait encore aujourd'hui, et l'on ne cessera d'en faire.

La princesse Badroulboudour, qui ignorait que la lampe fut aussi précieuse qu'elle l'était, et qu'Aladdin, sans parler d'elle-même, eût un intérêt aussi grand qu'il l'avait qu'on n'y touchât pas et qu'elle fût conservée, entra dans la plaisanterie, et elle commanda à un eunuque de la prendre et d'en aller faire l'échange. L'eunuque obéit. Il descendit du salon, et il ne fut pas plus tôt sorti de la porte du palais qu'il aperçut le magicien africain ; il l'appela ; et, quand il fut venu à lui et en lui montrant la vieille lampe :

« Donne-moi, dit-il, une lampe neuve pour celle-ci. »

Le magicien africain ne douta pas que ce ne fût la lampe qu'il cherchait ; il ne pouvait pas y en avoir d'autres dans le palais d'Aladdin, où toute la vaisselle n'était que d'or ou d'argent ; il la prit promptement de la main de l'eunuque ; et, après l'avoir fourrée bien avant dans son sein, il lui présenta son panier et lui dit de choisir celle qui lui plairait. L'eunuque choisit ; et, après avoir laissé le magicien, il porta la lampe neuve à la princesse Badroulboudour ; mais l'échange ne fut pas plus tôt fait que les enfants firent retentir la place de plus grands éclats qu'ils n'avaient encore fait, en se moquant, selon eux, de la bêtise du magicien.

Le magicien africain les laissa criailler tant qu'ils voulurent ; mais, sans s'arrêter plus longtemps aux environs du palais d'Aladdin, il s'en éloigna sensiblement et sans bruit, c'est-à-dire sans crier et sans parler davantage de changer des lampes neuves pour des vieilles. Il n'en voulait pas d'autres que celle qu'il emportait ; et son silence enfin fit que les enfants s'écartèrent et qu'ils le laissèrent aller.

Dès qu'il fut hors de la place qui était entre les deux palais, il s'échappa par les rues les moins fréquentées ; et, comme il n'avait plus besoin des autres lampes ni du panier, il posa le panier et les lampes au milieu d'une rue où il vit qu'il n'y avait personne. Alors, dès qu'il eut enfilé une autre rue, il pressa le pas jusqu'à ce qu'il arrivât à une des portes de la ville. En continuant son chemin par le faubourg, qui était fort long, il fit quelques provisions avant qu'il en sortît. Quand il fut dans la campagne, il se détourna du chemin dans un lieu à l'écart, hors de la vue du monde, où il resta jusqu'au moment qu'il jugea à propos, pour achever d'exécuter le dessein qui l'avait amené. Il ne regretta pas le barbe[4] qu'il laissait dans le khan où il avait pris logement; il se crut bien dédommagé[5] par le trésor qu'il venait d'acquérir.

Le magicien africain passa le reste de la journée dans ce lieu, jusqu'à une heure de nuit que les ténèbres furent le plus obscures. Alors il tira la lampe de son sein et il la frotta. À cet appel, le génie lui apparut.

« Que veux-tu ? lui demanda le génie; me voilà prêt à t'obéir, comme ton esclave et celui de tous ceux qui ont la lampe à la main, moi et ses autres esclaves.

– Je te commande, reprit le magicien africain, qu'à l'heure même tu enlèves le palais que les autres esclaves de la lampe ou toi avez bâti dans cette ville, tel qu'il est, avec tout ce qu'il y a de vivant, et que tu le transportes, avec moi en même temps, dans un tel endroit de l'Afrique. » Sans lui répondre, le génie, avec l'aide d'autres génies, esclaves de la lampe comme lui, le transporta en très peu de temps, lui et son palais en son entier, au propre lieu de l'Afrique qui lui avait été marqué. Nous laisserons le magicien africain et le palais avec la princesse Badroulboudour en Afrique, pour parler de la surprise du sultan.

Dès que le sultan fut levé, il ne manqua pas, selon sa coutume, de se rendre au cabinet ouvert, pour avoir le plaisir

4. Le cheval.

5. Payé.

de contempler et d'admirer le palais d'Aladdin. Il jeta la vue du côté où il avait coutume de voir ce palais, et il ne vit qu'une place vide, telle qu'elle était avant qu'on l'y eût bâti. Il crut qu'il se trompait, et il se frotta les yeux ; mais il ne vit rien de plus que la première fois, quoique le temps fût serein, le ciel net, et que l'aurore qui avait commencé de paraître rendit tous les objets fort distincts. Il regarda par les deux ouvertures à droite et à gauche, et il ne vit que ce qu'il avait coutume de voir par ces deux endroits. Son étonnement fut si grand qu'il demeura longtemps dans la même place, les yeux tournés du côté où le palais avait été, et où il ne le voyait plus, en cherchant ce qu'il ne pouvait comprendre, savoir : comment il se pouvait faire qu'un palais aussi grand et aussi apparent que celui d'Aladdin, qu'il avait vu presque chaque jour depuis qu'il avait été bâti avec sa permission, et tout récemment le jour de devant, se fût évanoui de manière qu'il n'en paraissait pas le moindre vestige. [...]

Le sultan, furieux, consulte son vizir et donne l'ordre d'arrêter Aladdin et de lui couper la tête. Or celui-ci revient de la chasse et se retrouve subitement entre les mains des cavaliers du sultan, sans comprendre pourquoi. Au moment où le bourreau se saisit d'Aladdin pour l'exécuter, le peuple de la ville fait une émeute autour du palais pour sauver Aladdin. Celui-ci apprend alors la raison de son arrestation et s'engage à retrouver la princesse ou à revenir se constituer prisonnier. Pendant trois jours, il erre donc dans la ville sans aucun succès.

Enfin, comme il ne pouvait plus, dans l'état malheureux où il se voyait, rester dans une ville où il avait fait une si belle figure, il en sortit et il prit le chemin de la campagne. Il se détourna des grandes routes : et, après avoir traversé plusieurs campagnes, dans une incertitude affreuse, il arriva enfin, à l'entrée de la nuit, au bord d'une rivière. Là, il lui prit une pensée de désespoir : « Où irai-je chercher mon palais ? dit-il en lui-même. En quelle province, en quel pays, en quelle partie du monde le trouverai-je, aussi bien que ma chère princesse, que le sultan me demande ? Jamais je n'y réussirai ; il vaut donc mieux que je me délivre de tant de fatigues qui n'aboutiraient à rien et de tous les chagrins cuisants qui me rongent. » Il allait se jeter dans la rivière, selon la résolution qu'il venait de prendre ; mais il crut, en bon musulman fidèle à sa religion, qu'il ne devait pas le faire sans auparavant faire sa prière. En voulant s'y préparer, il s'approcha du bord de l'eau pour se laver les mains et le visage, suivant la coutume du pays ; mais, comme cet endroit était un peu en pente et mouillé par l'eau qui y battait, il glissa ; et il serait tombé dans la rivière, s'il ne fut retenu à un petit roc élevé hors de terre environ de deux pieds[6]. Heureusement pour lui, il portait encore l'anneau que le magicien africain lui avait mis au doigt avant qu'il descendît dans le souterrain pour aller enlever la précieuse lampe qui venait de lui être enlevée. Il frotta cet anneau assez fortement contre le roc, en se retenant ; dans l'instant le même génie qui lui était apparu dans ce souterrain où le magicien africain l'avait enfermé lu apparut encore :

« Que veux-tu ? lui dit le génie. Me voici prêt à t'obéir, comme ton esclave et celui de tous ceux qui ont l'anneau au doigt, moi et les autres esclaves de l'anneau. »

Aladdin, agréablement surpris par une apparition si peu attendue dans le désespoir où il était, répondit : « Génie, sauve-moi la vie une seconde fois, en m'enseignant où est le palais que j'ai fait bâtir, ou en faisant qu'il soit rapporté incessamment où il était. – Ce que tu me demandes, reprit le génie, n'est pas de mon ressort[7] : je ne suis esclave que de l'anneau ; adresse-toi à l'esclave de la lampe. – Si cela est, repartit Aladdin,

6. Ancienne unité de mesure : 0,324 mètre.
7. N'est pas de ma compétence.

je te commande donc, par la puissance de l'anneau, de me transporter jusqu'au lieu où est mon palais, en quelque endroit de la terre qu'il soit, et de me poser sous les fenêtres de la princesse Badroulboudour. » À peine eut-il achevé de parler, que le génie le transporta en Afrique, au milieu d'une prairie où était le palais, peu éloigné d'une grande ville, et le posa précisément au-dessous des fenêtres de l'appartement de la princesse, où il le laissa. Tout cela se fit en un instant. [...]

Il se promena quelque temps sous ses fenêtres, en attendant qu'il fût jour chez elle et qu'on pût l'apercevoir. Dans cette attente, il cherchait en lui-même d'où pouvait être venue la cause de son malheur ; et, après avoir bien rêvé, il ne douta plus que toute son infortune ne vînt d'avoir quitté sa lampe de vue. Il s'accusa lui-même de négligence et du peu de soin qu'il avait eu de ne s'en pas dessaisir un seul moment. Ce qui l'embarrassait davantage, c'est qu'il ne pouvait s'imaginer qui était le jaloux de son bonheur. Il l'eût compris d'abord, s'il eût su que lui et son palais se trouvaient alors en Afrique, mais le génie esclave de l'anneau ne lui en avait rien dit ; il ne s'en était point informé lui-même. Le seul nom de l'Afrique lui eût rappelé à la mémoire le magicien africain, son ennemi déclaré.

La princesse Badroulboudour se levait plus matin qu'elle n'avait coutume, depuis son enlèvement et son transport en Afrique par l'artifice[8] du magicien africain, dont jusqu'alors elle avait été contrainte de supporter la vue une fois chaque jour, parce qu'il était maître du palais ; mais elle l'avait traité si durement chaque fois, qu'il n'avait encore osé prendre la hardiesse de s'y loger. Quand elle fut habillée, une de ses femmes, en regardant au travers d'une jalousie[9], aperçoit Aladdin. Elle court aussitôt avertir sa maîtresse. La princesse, qui ne pouvait croire cette nouvelle, vient vite se présenter à la fenêtre et aperçoit

8. La ruse.

9. Fenêtre à volets.

Aladdin. Elle ouvre la jalousie. Au bruit que la princesse fait en l'ouvrant, Aladdin lève la tête ; il la reconnaît, et il la salue d'un air qui exprimait l'excès de sa joie : « Pour ne pas perdre de temps, lui dit la princesse, on est allé vous ouvrir la porte secrète ; entrez et montez. » Et elle ferma la jalousie.

La porte secrète était au-dessous de l'appartement de la princesse ; elle se trouva ouverte, et Aladdin monta à l'appartement de la princesse. Il n'est pas possible d'exprimer la joie que ressentirent ces deux époux de se revoir après s'être crus séparés à jamais. Ils s'embrassèrent plusieurs fois et se donnèrent toutes les marques d'amour et de tendresse qu'on peut s'imaginer, après une séparation aussi triste et aussi peu attendue que la leur. Après ces embrassements mêlés de larmes de joie, ils s'assirent ; et Aladdin prenant la parole : « Princesse, dit-il, avant de vous entretenir de toute autre chose, je vous supplie, au nom de Dieu, autant pour votre propre intérêt que pour celui du sultan, votre respectable père, que pour le mien en particulier, de me dire ce qu'est devenue une vieille lampe que j'avais mise sur la corniche du salon à vingt-quatre croisées, avant d'aller à la chasse.

– Ah, cher époux, répondit la princesse, je m'étais bien doutée que notre malheur réciproque venait de cette lampe ; et ce qui me désole, c'est que j'en suis la cause moi-même !

– Princesse, reprit Aladdin, ne vous en attribuez pas la cause ; elle est toute sur moi, et je devais avoir été plus soigneux de la conserver ; ne songeons qu'à réparer cette perte ; et pour cela, faites-moi la grâce de me raconter comment la chose s'est passée et en quelles mains elle est tombée. »

Alors la princesse Badroulboudour raconta à Aladdin ce qui s'était passé dans l'échange de la lampe vieille pour la neuve, qu'elle fit apporter afin qu'il la vît ; et comme la nuit suivante, après s'être aperçue du transport du palais, elle s'était trouvée, le matin, dans le pays inconnu où elle lui parlait, et qui était l'Afrique : particularité qu'elle avait apprise de la bouche même du traître qui l'y avait fait transporter par son art magique. [...]

La princesse révèle à Aladdin que le magicien porte la lampe sur lui. Aladdin met au point un plan : il va acheter au village une poudre magique ; la princesse la versera dans le gobelet de vin du magicien, ce qu'elle fait le soir même.

« Buvons, dit-elle en l'interrompant ; vous reprendrez après ce que vous voulez me dire. » En même temps elle porta à la bouche le gobelet, qu'elle ne toucha que du bout des lèvres, pendant que le magicien africain se pressa si fort de la prévenir[10], qu'il vida le sien sans en laisser une goutte. En achevant de le vider, comme il avait un peu penché la tête en arrière pour montrer sa diligence[11], il demeura quelque temps en cet état, jusqu'à ce que la princesse, qui avait toujours le bord du gobelet sur ses lèvres, vît que les yeux lui tournaient et qu'il tomba sur le dos sans sentiment.

La princesse n'eut pas besoin de commander qu'on allât ouvrir la porte secrète à Aladdin. Ses femmes, qui avaient le mot, s'étaient disposées d'espace en espace depuis le salon jusqu'au bas de l'escalier, de manière que le magicien africain ne fut pas plus tôt tombé à la renverse, que la porte lui fut ouverte presque dans le moment.

Aladdin monta, et il entra dans le salon. Dès qu'il eut vu le magicien africain étendu sur le sofa[12], il arrêta la princesse Badroulboudour, qui s'était levée et qui s'avançait pour lui témoigner sa joie en l'embrassant : « Princesse, dit-il, il n'est pas encore temps ; obligez-moi de vous retirer à votre appartement, et faites qu'on me laisse seul, pendant que je vais

10. Ici, de boire avant elle.
11. Sa rapidité.
12. Le canapé.

travailler à vous faire retourner à la Chine avec la même diligence que vous en avez été éloignée. »

En effet, quand la princesse fut hors du salon avec ses femmes et ses eunuques, Aladdin ferma la porte ; et, après qu'il se fut approché du cadavre du magicien africain, qui était demeuré sans vie, il ouvrit sa veste et il en tira la lampe, enveloppée de la manière que la princesse lui avait marqué. Il la développa et il la frotta. Aussitôt le génie se présenta avec son compliment ordinaire. « Génie, lui dit Aladdin, je t'ai appelé pour t'ordonner, de la part de la lampe, ta bonne maîtresse, que tu vois, de faire que ce palais soit reporté incessamment[13] à la Chine, au même lieu et à la même place d'où il a été apporté ici. » Le génie, après avoir marqué, par une inclination de tête, qu'il allait obéir, disparut. En effet, le transport se fit et on ne le sentit que par deux agitations fort légères : l'une, quand il fut enlevé du lieu où il était en Afrique, et l'autre, quand il fut posé à la Chine, vis-à-vis le palais du sultan ; ce qui se fit dans un intervalle de très peu de durée.

Aladdin fit enlever le cadavre du magicien africain, avec ordre de le jeter à la voirie[14], pour servir de pâture aux animaux et aux oiseaux. Le sultan cependant, après avoir commandé que les tambours, les timbales, les trompettes et les autres instruments annonçassent la joie publique, fit proclamer une fête de dix jours, en réjouissance du retour de la princesse Badroulboudour et d'Aladdin, avec son palais. [...]

Aladdin dut encore affronter un autre danger, car le magicien avait un frère cadet qui essaya de le venger, mais le jeune homme triompha du second comme du premier et, à la mort du sultan, il régna de longues années heureuses avec la princesse Badroulboudour.

13. Sans délai.

14. Lieu où l'on dépose les ordures.

Questions

Repérer et analyser

L'histoire racontée

Le rôle du magicien

1 Lisez le hors-texte qui précède l'extrait.
a. Quelle est la situation d'Aladdin avant l'arrivée du magicien africain ?
b. Pour quelle raison le magicien cherche-t-il à retrouver Aladdin ?

2 Rappelez quel rôle a joué ce magicien dans l'histoire d'Aladdin. Reportez-vous à l'extrait précédent, p. 80.

3 **a.** Quel stratagème le magicien utilise-t-il pour récupérer la lampe merveilleuse ?
b. Quelle demande fait-il au génie de la lampe ?

Le parcours d'Aladdin : les épreuves

4 **a.** Quel sort le sultan réserve-t-il à Aladdin ? Pour quelle raison ?
b. De quelle façon Aladdin est-il sauvé ? Que propose-t-il au sultan ?

5 **a.** Comment Aladdin réussit-il à retrouver la princesse ?
b. Quel stratagème imagine-t-il pour se débarrasser du magicien ?

Le dénouement et la situation finale

6 **a.** Qu'advient-il du magicien ? Le dénouement est-il heureux pour Aladdin et pour la princesse ?
b. Quelle est la situation finale ? Aidez-vous du hors-texte.

Le cadre

7 Dans quels différents lieux l'action se déroule-t-elle ? Montrez qu'à la fin du conte les personnages se retrouvent dans le lieu initial.

Les personnages

Aladdin et la princesse

8 Aladdin et la princesse sont-ils contents de se retrouver ? Justifiez votre réponse en citant des termes précis.

9 Quelle est la réaction d'Aladdin lorsque sa femme lui avoue qu'elle a été la cause de la disparition de la lampe ?

10 Comment la princesse aide-t-elle Aladdin à se débarrasser du magicien ? Quel rôle joue-t-elle auprès d'Aladdin ?

11 Montrez que le personnage d'Aladdin a évolué par rapport à ce qu'il était au début de l'extrait. Quelles sont ses qualités ?

Les éléments merveilleux

12 **a.** Quels sont les objets merveilleux qui interviennent à nouveau dans ce chapitre ?
b. Quelles actions ces objets permettent-ils à leur possesseur d'accomplir ?

La visée

13 Quel effet la narratrice de cette histoire cherche-t-elle à obtenir sur son destinataire ? Y a-t-elle réussi ? Justifiez votre réponse.

14 **a.** Aladdin est-il récompensé pour ses qualités ?
b. Quel personnage est puni ? Le mérite-t-il ?

15 Montrez qu'Aladdin symbolise l'homme dont tous les désirs peuvent être satisfaits sans efforts.

Écrire

Écrire un récit emboîté

16 Aladdin retrouve sa mère et lui raconte son aventure avec le magicien africain (voir le hors-texte, p. 86-87). Écrivez le récit qu'il en fait : il racontera ce qu'il a vécu, ce qu'il a ressenti.

Texte 8

Histoire d'Ali Baba et de quarante voleurs exterminés par une esclave

La sultane Scheherazade, éveillée par la vigilance[1] de Dinarzade sa sœur, raconta au sultan des Indes, son époux, l'histoire à laquelle il s'attendait :

Puissant sultan, dit-elle, dans une ville de Perse, aux confins des États de Votre Majesté, il y avait deux frères, dont l'un se nommait Cassim, et l'autre Ali Baba. Comme leur père ne leur avait laissé que peu de biens et qu'ils les avaient partagés également, il semble que leur fortune devait être égale : le hasard néanmoins en disposa autrement.

Cassim épousa une femme qui, peu de temps après leur mariage, devint héritière d'une boutique bien garnie, d'un magasin rempli de bonnes marchandises, et de biens en fonds de terre, qui le mirent tout à coup à son aise et le rendirent un des marchands les plus riches de la ville.

Ali Baba, au contraire, qui avait épousé une femme aussi pauvre que lui, était logé fort pauvrement, et il n'avait d'autre industrie[2] pour gagner sa vie, et de quoi s'entretenir lui et ses enfants, que d'aller couper du bois dans une forêt voisine, et de venir le vendre à la ville, chargé sur trois ânes qui faisaient toute sa possession.

Ali Baba était un jour dans la forêt, et il achevait d'avoir coupé à peu près assez de bois pour faire la charge de ses ânes,

1. Attention, surveillance active.

2. Activité.

lorsqu'il aperçut une grosse poussière qui s'élevait en l'air et qui avançait droit du côté où il était. Il regarde attentivement et il distingue une troupe nombreuse de gens à cheval qui venaient d'un bon train.

Quoiqu'on ne parlât pas de voleurs dans le pays, Ali Baba néanmoins eut la pensée que ces cavaliers pouvaient en être. Sans considérer ce que deviendraient ses ânes, il songea à sauver sa personne. Il monta sur un gros arbre, dont les branches à peu de hauteur se séparaient en rond, si près les unes des autres qu'elles n'étaient séparées que par un très petit espace. Il se posta au milieu avec d'autant plus d'assurance qu'il pouvait voir sans être vu ; et l'arbre s'élevait au pied d'un rocher isolé de tous les côtés, beaucoup plus haut que l'arbre, et escarpé de manière qu'on ne pouvait monter au haut par aucun endroit.

Les cavaliers, grands, puissants, tous bien montés et bien armés, arrivèrent près du rocher, où ils mirent pied à terre ; et Ali Baba, qui en compta quarante, à leur mine et à leur équipement, ne douta pas qu'ils ne fussent des voleurs. Il ne se trompait pas : en effet, c'étaient des voleurs qui, sans faire aucun tort aux environs, allaient exercer leurs brigandages bien loin, et avaient là leur rendez-vous ; et ce qu'il les vit faire le confirma dans cette opinion.

Chaque cavalier débrida[3] son cheval, l'attacha, lui passa au cou un sac plein d'orge qu'il avait apporté sur la croupe, et ils se chargèrent chacun de leur valise ; et la plupart des valises parurent si pesantes à Ali Baba qu'il jugea qu'elles étaient pleines d'or et d'argent monnayé.

Le plus apparent, chargé de sa valise comme les autres, qu'Ali Baba prit pour le capitaine des voleurs, s'approcha du rocher, fort près du gros arbre où il s'était réfugié ; et, après qu'il se

3. Ôta la bride de son cheval (le laissa libre).

fut fait chemin au travers de quelques arbrisseaux, il prononça ces paroles si distinctement : Sésame, ouvre-toi, qu'Ali Baba les entendit. Dès que le capitaine des voleurs les eut prononcées, une porte s'ouvrit ; et, après qu'il eut fait passer tous ses gens devant lui et qu'ils furent tous entrés, il entra aussi, et la porte se ferma.

Les voleurs demeurèrent longtemps dans le rocher ; et Ali Baba, qui craignait que quelqu'un d'eux, ou que tous ensemble ne sortissent s'il quittait son poste pour se sauver, fut contraint de rester sur l'arbre et d'attendre avec patience. Il fut tenté néanmoins de descendre pour se saisir de deux chevaux, en monter un et mener l'autre par la bride, et de gagner la ville en chassant ses trois ânes devant lui ; mais l'incertitude de l'événement fit qu'il prit le parti le plus sûr.

La porte se rouvrit enfin ; les quarante voleurs sortirent ; et, au lieu que le capitaine était entré le dernier, il sortit le premier, et, après les avoir vus défiler devant lui, Ali Baba entendit qu'il fit refermer la porte en prononçant ces paroles : « Sésame, referme-toi ». Chacun retourna à son cheval, le rebrida[4], rattacha sa valise, et remonta dessus. Quand ce capitaine enfin vit qu'ils étaient tous prêts à partir, il se mit à la tête, et il reprit avec eux le chemin par où ils étaient venus.

Ali Baba ne descendit pas de l'arbre d'abord ; il dit en lui-même : « Ils peuvent avoir oublié quelque chose à les obliger de revenir, et je me trouverais attrapé si cela arrivait. » Il les conduisit de l'œil jusqu'à ce qu'il les eût perdus de vue, et il ne descendit que longtemps après, pour plus grande sûreté. Comme il avait retenu les paroles par lesquelles le capitaine des voleurs avait fait ouvrir et refermer la porte, il eut la curiosité d'éprouver si en les prononçant elles feraient le même effet.

4. Mit la bride (pour le départ).

Il passa au travers des arbrisseaux, et il aperçut la porte qu'ils cachaient. Il se présenta devant, et dit : Sésame, ouvre-toi, et dans l'instant la porte s'ouvrit toute grande.

Ali Baba s'était attendu de voir un lieu de ténèbres et d'obscurité ; mais il fut surpris d'en voir un bien éclairé, vaste et spacieux, creusé en voûte fort élevée à main d'homme, qui recevait la lumière du haut du rocher par une ouverture pratiquée de même. Il vit de grandes provisions de bouche, des ballots[5] de riches marchandises en piles, des étoffes de soie et de brocart[6], des tapis de grand prix, et surtout de l'or et de l'argent monnayé par tas, et dans des sacs ou grandes bourses de cuir les unes sur les autres ; et, à voir toutes ces choses, il lui parut qu'il y avait non pas de longues années, mais des siècles que cette grotte servait de retraite[7] à des voleurs qui avaient succédé les uns aux autres.

Ali Baba ne balança pas[8] sur le parti qu'il devait prendre : il entra dans la grotte, et, dès qu'il y fut entré, la porte se referma ; mais cela ne l'inquiéta pas : il savait le secret de la faire ouvrir. Il ne s'attacha pas à l'argent, mais à l'or monnayé, et particulièrement à celui qui était dans les sacs. Il en enleva à plusieurs fois autant qu'il pouvait en porter, et qu'ils purent suffire pour faire la charge de ses trois ânes. Il rassembla ses ânes qui étaient dispersés ; et, quand il les eut fait approcher du rocher, il les chargea des sacs ; et, pour les cacher, il accommoda du bois par-dessus, de manière qu'on ne pouvait les apercevoir. Quand il eut achevé, il se présenta devant la porte, et il n'eut pas prononcé ces paroles : Sésame, referme-toi, qu'elle se referma : car elle s'était fermée d'elle-même chaque fois qu'il y était entré, et était demeurée ouverte chaque fois qu'il en était sorti.

5. Paquets.
6. Tissu de soie brodé de fil d'or.
7. Cachette.
8. N'hésita pas.

Cela fait, Ali Baba reprit le chemin de la ville ; et, en arrivant chez lui, il fit entrer ses ânes dans une petite cour, et referma la porte avec grand soin. Il mit bas le peu de bois qui couvrait les sacs, et il porta les sacs dans sa maison, qu'il posa et arrangea devant sa femme qui était assise sur un sofa.

Sa femme mania les sacs, et, comme elle se fut aperçue qu'ils étaient pleins d'argent, elle soupçonna son mari de les avoir volés ; de sorte que, quand il eut achevé de les apporter tous, elle ne put s'empêcher de lui dire : « Ali Baba, seriez-vous assez malheureux pour… » Ali Baba l'interrompit. « Paix, ma femme ! dit-il, ne vous alarmez pas ; je ne suis pas voleur, à moins que ce ne soit l'être que de prendre sur les voleurs. Vous cesserez d'avoir cette mauvaise opinion de moi quand je vous aurai raconté ma bonne fortune. »

Il vida les sacs, qui firent un gros tas d'or dont sa femme fut éblouie ; et, quand il eut fait, il lui fit le récit de son aventure depuis le commencement jusqu'à la fin, et, en achevant, il lui recommanda sur toutes choses de garder le secret.

La femme, revenue et guérie de son épouvante, se réjouit avec son mari du bonheur qui leur était arrivé, et elle voulut compter pièce par pièce tout l'or qui était devant elle.

« Ma femme, lui dit Ali Baba, vous n'êtes pas sage : que prétendez-vous faire ? Quand auriez-vous achevé de compter ? Je vais creuser une fosse et l'enfouir dedans ; nous n'avons pas de temps à perdre.

– Il est bon, reprit la femme, que nous sachions au moins à peu près la quantité qu'il y en a. Je vais chercher une petite mesure dans le voisinage, et je le mesurerai pendant que vous creuserez la fosse. […]

La femme d'Ali Baba emprunte une mesure à sa belle sœur (la femme de Cassim). Cette dernière curieuse de savoir quelle sorte de grain la femme d'Ali Baba allait mesurer applique un peu de graisse solide sous la mesure, si bien que lorsque la femme d'Ali Baba pose la mesure sur le tas d'or, une pièce y reste collée, sans qu'elle s'en aperçoive. Lorsque Cassim rentre chez lui, sa femme lui apprend qu'Ali Baba est riche : « il ne compte pas son or comme vous, il le mesure ». Cassim, très jaloux, va voir Ali Baba et parvient à lui arracher son secret. Il décide d'entrer lui aussi dans la caverne, mais ayant oublié la formule, il ne peut plus en sortir. Les voleurs, à leur retour, le découvrent et le tuent. Ali baba retrouve le cadavre de son frère déchiqueté. Il le ramène discrètement en ville sur ses ânes et va trouver la veuve de Cassim, lui proposant de la prendre pour seconde épouse afin qu'elle puisse partager ses richesses mais il faut pour cela que son mari ait péri d'une mort naturelle. Ali Baba s'emploie donc, avec l'aide de la servante Morgiane et de la veuve, à faire croire que Cassim est mort chez lui, dans son lit. Ils mettent au point une mise en scène et annoncent sa mort en pleurant. Morgiane va alors trouver un savetier, Baba Moustafa, lui donne plusieurs pièces d'or, le conduit les yeux bandés dans la maison de Cassim, lui demande de recoudre secrètement le corps, ce qu'il fait, puis le raccompagne en lui bandant à nouveau les yeux. Cassim est donc enterré selon les règles, et nul dans la ville ne s'est aperçu de quoi que ce soit. Ali Baba se marie avec sa belle-sœur et va s'installer dans la maison de Cassim. Pendant ce temps, les voleurs retournent à la caverne. Ils remarquent que le corps a disparu et que leur trésor a diminué. Les voilà à la recherche de celui qui est l'auteur de ces actes. Un des voleurs se désigne auprès du chef, le capitaine des voleurs, pour aller faire son enquête en ville.

Ce voleur, après avoir reçu de grandes louanges[9] du capitaine et de ses camarades, se déguisa de manière que personne

9. Éloges, paroles témoignant de son admiration pour quelqu'un.

ne pouvait le prendre pour ce qu'il était. En se séparant de la troupe, il partit la nuit, et il prit si bien ses mesures qu'il entra dans la ville dans le temps que le jour ne faisait que commencer à paraître. Il avança jusqu'à la place, où il ne vit qu'une seule boutique ouverte et c'était celle de Baba Moustafa.

Baba Moustafa était assis sur son siège, l'alêne[10] à la main, déjà prêt de travailler de son métier. Le voleur alla l'aborder, en lui souhaitant le bonjour ; et, comme il se fut aperçu de son grand âge : « Bonhomme, dit-il, vous commencez à travailler de grand matin ; il n'est pas possible que vous y voyiez encore clair, âgé comme vous l'êtes ; et, quand il ferait plus clair, je doute que vous ayez d'assez bons yeux pour coudre.

– Qui que vous soyez, reprit Baba Moustafa, il faut que vous ne me connaissiez pas. Si vieux que vous me voyez, je ne laisse pas d'avoir les yeux excellents ; et vous n'en douterez pas quand vous saurez qu'il n'y a pas longtemps que j'ai cousu un mort dans un lieu où il ne faisait guère plus clair qu'il fait présentement. »

Le voleur eut une grande joie de s'être adressé en arrivant à un homme qui d'abord, comme il n'en douta pas, lui donnait de lui-même la nouvelle de ce qui l'avait amené, sans le lui demander.

« Un mort ! reprit-il avec étonnement. Et, pour le faire parler : « Pourquoi coudre un mort ? ajouta-t-il. Vous voulez dire apparemment que vous avez cousu le linceul[11] dans lequel il a été enseveli ? – Non, non, repartit Baba Moustafa : je sais ce que je veux dire. Vous voudriez me faire parler, mais vous n'en saurez pas davantage. »

Le voleur n'avait pas besoin d'un éclaircissement plus ample pour être persuadé qu'il avait découvert ce qu'il était venu

10. Poinçon d'acier pour percer le cuir.
11. Pièce de toile dans laquelle on ensevelit un mort.

chercher. Il tira une pièce d'or, et, en la mettant dans la main de Baba Moustafa, il lui dit : « Je n'ai garde de vouloir entrer dans votre secret[12], quoique je puisse vous assurer que je ne le divulguerais pas si vous me l'aviez confié. La seule chose dont je vous prie, c'est de me faire la grâce de m'enseigner, ou de venir me montrer la maison où vous avez cousu ce mort.

– Quand j'aurais la volonté[13] de vous accorder la grâce que vous me demandez, reprit Baba Moustafa, en tenant la pièce d'or prêt à la rendre, je vous assure que je ne pourrais pas le faire, et vous devez m'en croire sur ma parole. En voici la raison : c'est qu'on m'a mené jusqu'à un certain endroit où l'on m'a bandé les yeux, et de là en me laissant conduire jusque dans la maison, d'où, après avoir fait ce que je devais faire, on me ramena de la même manière jusqu'au même endroit. Vous voyez l'impossibilité qu'il y a que je puisse vous rendre service.

– Au moins, repartit[14] le voleur, vous devez vous souvenir à peu près du chemin qu'on vous a fait faire les yeux bandés. Venez, je vous prie, avec moi, je vous banderai les yeux en cet endroit-là, et nous marcherons ensemble par le même chemin et par les mêmes détours que vous pourrez vous remettre dans la mémoire d'avoir marché ; et, comme toute peine mérite récompense, voici une autre pièce d'or. Venez, faites-moi le plaisir que je vous demande. » Et, en disant ces paroles, il lui mit une autre pièce dans la main.

Les deux pièces tentèrent Baba Moustafa ; il les regarda quelque temps dans sa main sans dire mot, en se consultant pour savoir ce qu'il devait faire. Il tira enfin sa bourse de son sein, et, en les mettant dedans : « Je ne puis vous assurer, dit-il au voleur, que je me souvienne précisément du chemin qu'on

12. Je ne tiens pas à entrer dans votre secret.

13. Même si je voulais.

14. Répondit.

me fit faire ; mais, puisque vous le voulez ainsi, allons, je ferai ce que je pourrai pour m'en souvenir. »

Baba Moustafa se leva à la grande satisfaction du voleur ; et, sans fermer sa boutique, où il n'y avait rien de conséquence à perdre, il mena le voleur avec lui jusqu'à l'endroit où Morgiane lui avait bandé les yeux. Quand ils y furent arrivés : « C'est ici, dit Baba Moustafa, qu'on m'a bandé, et j'étais tourné comme vous me voyez. » Le voleur, qui avait son mouchoir prêt, les lui banda, et il marcha à côté de lui, en partie en le conduisant, en partie en se laissant conduire par lui, jusqu'à ce qu'il s'arrêtât.

« Il me semble, dit Baba Moustafa, que je n'ai point passé plus loin. » Et il se trouva véritablement devant la maison de Cassim, où Ali Baba demeurait alors. Avant de lui ôter le mouchoir de devant les yeux, le voleur fit promptement[15] une marque à la porte avec de la craie qu'il tenait prête ; et, quand il le lui eût ôté, il lui demanda s'il savait à qui appartenait la maison. Baba Moustafa lui répondit qu'il n'était pas du quartier, et ainsi qu'il ne pouvait lui en rien dire.

Comme le voleur vit qu'il ne pouvait apprendre rien davantage de Baba Moustafa, il le remercia de la peine qu'il lui avait fait prendre, et, après qu'il l'eut quitté et laissé retourner à sa boutique, il reprit le chemin de la forêt, persuadé qu'il serait bien reçu.

Peu de temps après que le voleur et Baba Moustafa se furent séparés, Morgiane sortit de la maison d'Ali Baba pour quelque affaire ; et, en revenant, elle remarqua la marque que le voleur y avait faite ; elle s'arrêta pour y faire attention. « Que signifie cette marque ? dit-elle en elle-même ; quelqu'un voudrait-il du mal à mon maître ou l'a-t-on faite pour se divertir ? À quelque

15. Rapidement.

intention qu'on l'ait pu faire, ajouta-t-elle, il est bon de se précautionner contre tout événement. » Elle prend aussitôt de la craie ; et, comme les deux ou trois portes au-dessus et au-dessous étaient semblables, elle les marqua au même endroit, et elle rentra dans la maison sans parler de ce qu'elle venait de faire ni à son maître ni à sa maîtresse. [...]

Le voleur rejoint donc ses compagnons, et leur fait part du succès de son voyage. Ils se dirigent alors vers la ville et arrivent dans la rue où le voleur avait marqué la maison d'Ali Baba. Mais leur surprise est grande lorsqu'ils découvrent que plusieurs maisons ont été marquées. Le capitaine, furieux, tue le voleur. Un autre voleur se propose, le même scénario se reproduit : il se rend chez le cordonnier qui lui indique la maison d'Ali Baba, il la marque d'une croix, mais Morgiane passe par là et fait la même marque de crayon rouge aux maisons voisines. Le second voleur est également tué par le capitaine. Il s'y rend lui-même, mais cette fois il décide de ne faire aucune marque au crayon rouge, mais de se fier à sa mémoire. Cette fois, la maison d'Ali Baba est découverte : le capitaine des voleurs met au point un plan pour le tuer. Il arrive chez lui avec ses ânes et ses hommes cachés dans des jarres d'huile et lui demande l'hospitalité, se faisant passer pour un marchand. Ali Baba le reçoit avec générosité, il met les ânes à l'écurie et demande à Morgiane de prendre soin de son hôte.

Ali Baba, après avoir recommandé de nouveau à Morgiane de prendre un grand soin de son hôte et de ne le laisser manquer de rien : « Morgiane, ajouta-t-il, je t'avertis que demain je vais au bain avant le jour ; prends soin que mon linge de bain soit prêt, et de le donner à Abdalla (c'était le nom de son esclave), et fais-moi un bon bouillon, pour le prendre à mon retour. » Après lui avoir donné ces ordres, il se retira pour se coucher.

Le capitaine des voleurs, cependant, à la sortie de l'écurie, alla donner à ses gens l'ordre de ce qu'ils devaient faire. En commençant depuis le premier vase[16] jusqu'au dernier, il dit à chacun : « Quand je jetterai de petites pierres de la chambre où l'on me loge, ne manquez pas de vous faire ouverture en fendant le vase depuis le haut jusqu'en bas avec le couteau dont vous êtes muni, et d'en sortir : aussitôt je serai à vous. » Le couteau dont il parlait était pointu et affilé pour cet usage.

Cela fait, il revint; et comme il se fut présenté à la porte de la cuisine, Morgiane prit de la lumière, et elle le conduisit à la chambre qu'elle lui avait préparée, où elle le laissa après lui avoir demandé s'il avait besoin de quelque autre chose. Pour ne pas donner de soupçon, il éteignit la lumière peu de temps après, et il se coucha tout habillé, prêt à se lever dès qu'il aurait fait son premier somme.

Morgiane n'oublia pas les ordres d'Ali Baba : elle prépare son linge de bain, elle en charge Abdalla qui n'était pas encore allé se coucher, elle met le pot au feu pour le bouillon, et, pendant qu'elle écume le pot, la lampe s'éteint. Il n'y avait plus d'huile dans la maison, et la chandelle y manquait aussi. Que faire ? Elle a besoin cependant de voir clair pour écumer son pot; elle en témoigne sa peine à Abdalla.

« Te voilà bien embarrassée, lui dit Abdalla. Va prendre de l'huile dans un des vases que voilà dans la cour. »

Morgiane remercia Abdalla de l'avis, et, pendant qu'il va se coucher près de la chambre d'Ali Baba, pour le suivre au bain, elle prend la cruche à l'huile et elle va dans la cour. Comme elle se fut approchée du premier vase qu'elle rencontra, le voleur qui était caché dedans demanda en parlant bas : « Est-il temps ? »

Quoique le voleur eût parlé bas, Morgiane néanmoins fut frappée de la voix d'autant plus facilement que le capitaine

16. Jarre où est caché le premier voleur.

Morgiane s'aperçoit de la supercherie des quarante voleurs,
cachés dans les jarres.
Vers 1890, chromolithographie.

des voleurs, dès qu'il eut déchargé ses mulets, avait ouvert, non seulement ce vase, mais même tous les autres, pour donner de l'air à ses gens, qui d'ailleurs y étaient fort mal à leur aise, sans y être encore privés de la facilité de respirer.

Toute autre esclave que Morgiane, aussi surprise qu'elle le fut en trouvant un homme dans un vase, au lieu d'y trouver de l'huile qu'elle cherchait, eût fait un vacarme capable de causer de grands malheurs. Mais Morgiane était au-dessus de ses semblables[17] : elle comprit en un instant l'importance de garder le secret, le danger pressant où se trouvaient Ali Baba et sa famille et où elle se trouvait elle-même, et la nécessité d'y apporter promptement le remède, sans faire d'éclat ; et par sa capacité elle en pénétra d'abord les moyens. Elle rentra donc en elle-même dans le moment, et, sans faire paraître aucune émotion, en prenant la place du capitaine des voleurs, elle répondit à la demande, et elle dit : « Pas encore, mais bientôt. » Elle s'approcha du vase qui suivait, et la même demande lui fut faite, et ainsi de suite, jusqu'à ce qu'elle arriva au dernier qui était plein d'huile, et à la même demande elle donna la même réponse.

Morgiane connut par là que son maître Ali Baba, qui avait cru ne donner à loger chez lui qu'à un marchand d'huile, y avait donné entrée à trente-huit voleurs, en y comprenant le faux marchand, leur capitaine. Elle remplit en diligence[18] sa cruche d'huile, qu'elle prit du dernier vase ; elle revint dans sa cuisine, où, après avoir mis de l'huile dans la lampe et l'avoir rallumée, elle prend une grande chaudière, elle retourna à la cour où elle l'emplit de l'huile du vase. Elle la rapporte, la met sur le feu, et met dessous force bois, parce que plus tôt l'huile bouillira, plus tôt elle aura exécuté ce qui doit contribuer au

17. Des autres femmes.
18. Avec empressement.

salut commun de la maison, qui ne demande pas de retardement. L'huile bout enfin; elle prend la chaudière, et elle va verser dans chaque vase assez d'huile toute bouillante, depuis le premier jusqu'au dernier, pour les étouffer et leur ôter la vie, comme elle la leur ôta. [...]

Au milieu de la nuit, le capitaine des voleurs s'éveille et donne le signal à ses compagnons en lançant, comme convenu des petites pierres sur les vases. Mais rien ne bouge. Inquiet, il descend voir ce qui se passe et découvre que tous les voleurs sont morts. Il s'enfuit alors par le jardin. Il reparaît quelque temps après, déguisé en marchand, sous le nom de Cogia Houssain. Ali Baba lui donne l'hospitalité mais Morgiane le reconnaît. Au cours du dîner, elle propose d'offrir un divertissement au marchand et se met à danser, un poignard à la main. Elle se jette sur le capitaine des voleurs et le tue. Le récit s'achève : Morgiane épouse le fils d'Ali Baba. Ali Baba attend une année avant de retourner à la grotte. Il est heureux de voir que le trésor est toujours à sa disposition. Il use de ce trésor de façon modérée, faisant le bonheur des siens.

Questions

Repérer et analyser

La situation d'énonciation

1 Rappelez la situation d'énonciation : qui raconte des histoires, à qui, dans quel but ?

2 Qui est Dinarzade ? Quel est son rôle ?

L'histoire racontée

La situation initiale et l'élément déclencheur

3 Dans quel pays l'action se déroule-t-elle ?

4 **a.** Qui sont les quatre personnages dont il est question au début du conte (l. 1 à 20) ? Précisez leurs liens familiaux.
b. Quelle est leur situation financière respective ?

5 Relisez la phrase lignes 21 à 24.
a. Dans quel lieu Ali Baba se trouve-t-il ? À quelle tâche est-il occupé ?
b. Relevez les indices (mots et expressions, temps verbal) qui signalent le début de l'action.

Les actions

6 **a.** Quels sont les personnages qui surviennent à partir de la ligne 23 ? Combien sont-ils ?
b. À quelle scène Ali Baba assiste-t-il ? Quel secret surprend-il ?
c. Que fait Ali Baba une fois qu'il est seul ?
d. Quelle est la réaction de sa femme lorsqu'il rentre chez lui ? Montrez qu'elle joue un rôle important dans l'action.

7 **a.** Lisez le hors-texte entre les lignes 142 et 143. Résumez en quelques mots ce qui s'est passé depuis le moment où la femme d'Ali Baba est allée chez sa belle-sœur.
b. Pour quelle raison les voleurs ne retrouvent-ils pas tout de suite la maison d'Ali Baba ?
c. Comment le capitaine des voleurs réussit-il finalement à la retrouver ? Combien lui reste-t-il d'hommes ?

8 **a.** Qu'imagine le capitaine des voleurs pour tuer Ali Baba ?

b. Quel personnage déjoue son plan ? Dans quelles circonstances ce personnage a-t-il découvert ce qui se tramait contre Ali Baba ?
c. Qu'advient-il des voleurs ?

9 **a.** Lisez le hors-texte final. Quel autre plan le chef des voleurs imagine-t-il pour supprimer Ali Baba ?
b. Quel est le dénouement de l'histoire ?

Le point de vue

10 Relisez les paragraphes 5, 6 et 7 (l. 21 à 45). Montrez en citant les verbes de perception visuelle (synonymes de « voir ») et les verbes de pensée que le narrateur raconte la scène du point de vue d'Ali Baba. Quel est l'effet produit sur le lecteur ?

11 Dans les contes des *Mille et Une Nuits*, les personnages sont souvent en position de voir sans être vus. Montrez que dans les lignes 27 à 59 Ali Baba est en position de voir sans être vu : où se cache-t-il ? À quelle scène assiste-t-il ? Qu'entend-il ?

Les personnages

Les personnages féminins

12 De quel défaut la femme d'Ali Baba fait-elle preuve ? Montrez qu'elle est responsable des événements qui surviennent.

13 En quoi la femme de Cassim est-elle rusée ? Appuyez-vous sur le hors-texte.

14 **a.** Qui est Morgiane ? Quel rôle joue-t-elle dans cette histoire ?
b. De quelles qualités fait-elle preuve ? Pour quelle raison la narratrice dit-elle d'elle qu'elle « était au-dessus de ses semblables » (l. 286-287) ?

Le personnage d'Ali Baba

15 Relisez les lignes 76 à 109.
a. En quoi Ali Baba est-il prudent et perspicace ? Montrez, en citant le texte, qu'il émet des hypothèses pour interpréter ce qu'il voit.
b. En quoi se montre-t-il également curieux (l. 82-83), sûr de lui (l. 99), généreux avec ses hôtes (l. 241 à 243) ?

Les autres personnages masculins

16 Qui est Baba Moustafa ? Quel est son rôle dans l'action ? Montrez qu'il se montre imprudent.

17 En quoi le capitaine des voleurs se montre-t-il plus rusé que les autres voleurs ?

Merveilleux et réalité

18 Quels éléments relèvent du merveilleux dans ce conte ?

19 Quels éléments réfèrent au monde oriental ?

La visée

20 En quoi peut-on dire que l'intérêt du lecteur ou de l'auditeur est sans cesse en éveil à la lecture ou à l'écoute de ce récit ?

21 **a.** Quels sont les personnages qui sont récompensés ? Quelles qualités ont-ils ?
b. Quels sont ceux qui sont punis ? Quels défauts ont-ils ? Le récit a-t-il une certaine visée morale ?

Écrire

Écrire un épisode

22 Lisez le hors-texte, p. 123 : « Le voleur reparaît déguisé en marchand sous le nom de Cogia Houssain… et le tue. » À partir de cette trame, écrivez la scène. Vous ajouterez des détails, des dialogues.

Écrire une suite

23 Ali Baba attend une année avant de retourner à la grotte (hors-texte, p. 123). Imaginez une nouvelle péripétie.

Questions de synthèse

Les Mille et Une Nuits

L'histoire de l'œuvre, le narrateur, la situation d'énonciation

1 Dans quelle partie du monde les contes seraient-ils nés ? Qui les a traduits en français ? À partir de quelle langue ?

2 **a.** Quel est le principe des récits emboîtés ?

b. En quoi les *Mille et Une Nuits* sont-ils des récits emboîtés ? Reconstituez les différents niveaux de la narration (quelle est l'histoire racontée par le narrateur premier ? Quel personnage raconte des histoires : narrateur second ou narratrice ici ? Peut-il y avoir un narrateur troisième et ainsi de suite ?). Justifiez votre réponse à partir d'exemples.

3 **a.** À qui la narratrice raconte-t-elle les histoires ? À quel moment de la journée ? Dans quel but ? À quel moment précis de la journée interrompt-elle le récit ? À quel moment de l'action en général ?

b. Quel pouvoir le personnage destinataire des histoires a-t-il sur la narratrice ?

c. En quoi le procédé des récits emboîtés permet-il d'éterniser le récit ?

Les différents genres, le merveilleux oriental

4 Citez un conte de ruse, un conte d'aventure amoureuse, un récit de voyage, un conte tragique, un conte fondé sur le comique de répétition.

5 Citez des éléments qui montrent que les histoires sont ancrées dans la réalité orientale. Quelles histoires font état du luxe de l'Orient ?

6 Dans quel(s) récit(s) y a-t-il une lampe merveilleuse, une formule magique, un génie, une Montagne merveilleuse, un oiseau roc, un anneau merveilleux ? Quels sont leurs pouvoirs ?

7 Quel conte avez-vous préféré ? Pourquoi ? Résumez-le.

Index des rubriques

Repérer et analyser

Table des illustrations

Iconographie : Hatier illustration/
Graphisme : Mecano-Laurent Batard
Mise en page : Ordiphone communication/ Éloïse Mariotta
Relecture : Yan Rodié-Talbère
Dépôt légal : 75110-3/11- novembre 2015
Achevé d'imprimer par Black Print CPI Ibérica S.L.U.- Espag